"ALMAS GEMELAS"
ASTROLOGIA
LA FORMULA

Vincent Sylvan

D1528497

"ALMAS GEMELAS" ASTROLOGIA LA FORMULA

Una Guía Para Encontrar el Amor

MEDIA MANIACS, INC.
EDITORES

"ALMAS GEMELAS"-ASTROLOGIA LAFORMULA

Dirección para información:
Media Maniacs, Inc.
Apartado Postal 2724, Cumming, GA. 30028 USA

IMPRESO EN LOS ESTADOS UNIDOS DE
AMÉRICA

ISBN 978-1-61694-021-8

ACCESO

Esta publicación está diseñada para proporcionar panoramas de las posibilidades multiples, en la vida de cada persona, a fin de lograr una existencia feliz. Sin embargo, ni el editor ni el autor, dan consejo o servicios profesionales en este libro al lector individual. Las ideas, las sugerencias y los procedimientos contenidos en este libro, son enteramente de la opinión del autor y no substituyen consultas con su médico profesional, psicólogo, consejero matrimonial o consejero en general. Ni el editor ni el autor tendrán obligación o responsabilidad alguna sobre cualquier pérdida monetaria o de otra índole, ni por lesión o daño que se alegue, como resultado de cualquier información o sugerencia en este libro. Cualquier personaje descrito en este libro es enteramente de la imaginación del autor. Cualquier semejanza con la vida real es puramente coincidente.

En otras palabras:

"Lea este libro ariesgandose a las consecuencias".

CONTENIDO

RECONOCIMIENTOS

DEDICO ESTE LIBRO a mi esposa, porque sin su ayuda este libro no habría sido escrito. Fue su inspiración, su creencia en mí y en mis ideas lo que me incitó a escribirlo. Aunque le preguntaba muchas veces sobre el valor de mis ideas y si mi punto de vista sería aceptado por la gente, ella nunca dudó que éstas tuvieran un impacto en el público americano y el resto del mundo.

La experiencia de mi esposa es similar a la que pasan muchas otras mujeres durante su vida, casándose, formando una familia, criando a sus hijos y buscando a su "Alma Gemela". La diferencia con ella es que, después de su divorcio, no estaba dispuesta a comprometer sus estándares en su departamento romántico. Ella estuvo determinada a no casarse de nuevo, a menos que fuera absolutamente con el hombre adecuado para ella.

Ella era (y sigue siendo) muy inteligente, y después de la experiencia de un matrimonio que no duro' en su vida romántica, decidía no casarse otra vez a menos que fuese con el hombre adecuado... así fue que ella me encontró. Sin esta determinación nunca nos habríamos podido conocer.

En mi niñez en España la vida era muy estricta, y el propósito de la posición social en esos días era el de buscar la perfección, de seguir los Diez Mandamientos y de esforzarse para mejorar. Estas grandes expectativas de los ancianos de esa sociedad, me crearon un complejo de inferioridad que me convirtió en mi peor crítico. Fue la creencia de mi esposa en mis talentos la que me dio el valor de escribir. Ella siempre me decía:

"¡Tus ideas son Magnificas! Debes de ponerlas por escrito. ¿Por qué no escribes un libro?"

¿Quién era yo para contrariarla? Finalmente, la creí y me puse en acción.

Mi más sincero agradecimiento:

A, Julianne Compann, por sus ideas imponentes del diseño y de la composición y por poner siempre el interés del lector en primer plano. Su entusiasmo y ayuda me pusieron en la dirección correcta, la de defender la verdad y la realidad que existen en cada uno de nosotros.

A, S.C. Caruso, redactor magnífico, que podía mantener mis ideas originales intactas agregando su habilidad en el arte editorial.

A, Steven Fischer, por su ardua labor en la creación de la portada de este libro.

A, Juan Conkle, por su habilidad en la

Fotografía.

A, Rosa María Robertson, por creer en mí, por su perseverancia y por recordarme constantemente que el mundo esperaba este libro, y que era hora de dar a conocer su esencia.

A, el grupo de personas que me alentó a realizar un maratón de escritura hace dos años. Allí comencé a poner en papel mis capacidades, que todavía estaban inmaduras.

Y a toda la gente que me dio el estímulo y el apoyo para escribir.

INTRODUCCIÓN

¿USTED NO HA ENCONTRADO a su compañero perfecto todavía y se está sintiendo vacío? ¿Qué es lo que a usted le falta? ¿Usted tiene quizá demasiado de "algo" que está obstruyendo su visión?

¿Qué buena es la fantasia, si solamente le va a causar dolor una vez que usted se dé cuenta de cuál es su verdadera naturaleza?

Este es el motivo del porqué tenemos que seguir las leyes y los métodos que funcionan para tener éxito. Necesitamos fórmulas comprobadas y, a través de las fuerzas poderosas del Universo, usted ha encontrado esta que yo descubrí, escrita cuidadosamente para usted en este libro.

Tengo la confianza de que, después que usted termine de leer este libro, su vida cambiará; usted cambiará ciertas cosas de la forma en que actúa ahora y se dirigirá en otra trayectoria, a su maxima felicidad si usted aplica estos principios.

Su vida encontrará otro rumbo y usted descubrirá su character verdadero . Su vida no será más una mera existencia, ni funcionará en piloto automático.

Sus emociones despertarán y la acción no será

aplazada nunca más.

Este libro cambiará su vida porque se basa en la realidad apoyada por las leyes universales, las cuales han estado trabajando desde que este mundo existe; son las leyes que están trabajando hoy y que trabajarán también hasta la eternidad.

¿Por qué hablo de Filosofía en un libro que se escribió para decirle cómo puede encontrar usted su "media naranja"? Porque usted es el que tiene que encontrar a su "Alma Gemela" y, puesto que usted no la ha encontrado todavía, permita que mi fórmula sea su guía. ¡La probabilidad es que usted encontrará a su "Alma Gemela" en menos de dieciséis citas, si sigue las instrucciones citadas aqui!

En las páginas siguientes le enseño a cómo defenderse de la información negativa que le exponen a diario. Una vez que su mente subconsciente se llene de claridad y de comprensión usted encontrará a su "Alma Gemela" . Ese día, usted se preguntará por qué ustedes no se encontraron mucho antes en su vida.

Los seres humanos nos dejamos llevar por las emociones y, consecuentemente, buscamos historias románticas y cuentos de hadas. Esto nos lleva a incurrir en equivocaciones y nos distanciamos de la realidad; por lo tanto, no encontramos nuestro destino y nuestras vidas quedan a la misericordia de los vientos. La información negativa y la información que nos promete el paraíso sin ningún esfuerzo nos bombardean constantemente. Lo peor de todo es la información que solamente es mitad verdad. Comparo esto a tener un coche a estrenar, hermoso, lleno de gas, pero sin el volante. Doy vuelta a la llave y el coche se pone en marcha. Lo pongo en el engranaje, presiono el acelerador y el coche comienza a moverse; pero ahora estoy dando vueltas en el mismo lugar, sin poder salir de él ni poder acercarme más cerca a mi destino. Los resultados me enfadan y con frustración acelero cada vez más. El motor está respondiendo a mi mando, pero el coche no va a ninguna parte. Sigue dando vueltas en el mismo lugar, sólo que más rápidamente.

Si usted aplica la fórmula que voy a describir en las páginas siguientes, usted tendrá el volante. ¡Lo único que usted tiene que hacer es conducir a su destino ...a su paraíso!

En la Astrología

La Astrología se refiere a las fuerzas de la energía, que influencian nuestros comportamientos en nuestra vida, según la colocación planetaria a la hora de nuestro nacimiento. Hay alguna gente que cree terminante-mente en la Astrología, mientras que hay otros que no creen en ella en absoluto; y probablemente, la mayoría de la gente se encuentra en el punto medio, o sea ni con unos ni con los otros.

Yo creo que esta es una ciencia exacta y he aplicado mi fórmula basada en sus leyes.

Puesto que la Astrología es una ciencia exacta, debe ser utilizada con las facultades de razonamiento, como con cualquier otra ciencia.

Hay alguna gente que cree en la Astrología por la fe y la pone en el reino espiritual, como algo etéreo y nebuloso. Hay también gente que no cree en la Astrología en absoluto y rechaza utilizarla o cosechar sus ventajas.

Aunque estamos influenciados por los planetas que gobiernan el universo, debemos reconocer que hay otros factores, además de las estrellas, los cuales influencian nuestras vidas. Su ambiente afecta directamente su comportamiento y creencias. Por ejemplo, sus padres le influenciaron grandemente, así como su país, su profesión, su color de piel (y las dificultades que se asocian a ella), y así sucesivamente. Eso es por lo que todos nosotros somos tan diferentes. Y esto explica porqué la gente que comparte los mismos signos pueden ser tan diferente unos de otros.

Las influencias astrológicas nos indican porqué encontramos tantas cosas en común.

Los signos del agua encontrarán a menudo más atracción entre sí mismos que con los signos del fuego.

Los signos del aire recibirán una comunicación más clara entre otros signos del aire que, digamos, con los signos del agua, etcétera.

Algunos críticos de este libro pueden valerse de cualquier cosa, para tratar de probar que esta teoría está equivocada. A esa gente le digo que este libro es una guía para ayudar a las personas a mejorar sus vidas. Y aquí, he tocado un tema que es de mayor importancia. Es un tema que ha sido descuidado por mucha gente, por demasiado tiempo.

Este libro de ninguna forma es un evangelio para dictar reglas de comportamiento a alguien, pero tengo la esperanza de que le despierte sus crencias en si mismo y le haga echar un buen vistazo a su vida.

Despues de hacer esto, estoy seguro de que usted llegará a la conclusión de que su vida puede ser mejorada, sin importar qué tan feliz crea usted ser ahora.

Sí, hay muchos libros escritos acerca de la Astrología. Algunos de ellos están muy cercanos a mi fórmula, pero tienden a generalizar demasiado y no le dan a usted una fórmula exacta para seguir, como lo hago yo. Sigue siendo una buena idea leer varios libros, sobre Astrología de la obra de otros autores. Algunos de esos libros pueden darle un sentido falso de la expectativa y otros pudieran confundirle, pero será un buen ejercicio para su mente y le ayudará a entender mejor este libro. Las intenciones de esos otros autores pueden ser las de dar información al lector, para intentar ayudarlo a entender las fuerzas influyentes que los planetas tienen sobre nosotros. Usted debe tener cuidado y no dar todo por garantizado, a no ser que encuentre resultados satisfactorios que respalden a los esfuerzos de sus acciones. En pocas palabras, si usted no encuentra ningún resultado positivo, entonces se deben buscar otras lecciones y otros libros.

La Astrología es la fuente de información principal, para su búsqueda hacia el descubrimiento de su "Alma Gemela". Mientras más comprenda usted sus principios y mi fórmula, mejor equipado estará en su búsqueda.

El Mapa del Tesoro

Mucha gente sueña con encontrar una fortuna.

Un número increíble de gente apuesta o juega a la lotería cada semana, e incluso llega a ser adicto al juego.

Por supuesto, las probabilidades están contra ellos y pierden una cantidad enorme de dinero y energía, persiguiendo una meta inalcanzable. Otra gente trata de encontrar un tesoro enterrado en alguna parte.

Hay muchas historias de tesoros enterrados en alguna parte, a lo largo de los Cabos de la Florida, y muchos mapas han sido elaborados con la intención de ser vendidos a altos precios, para dar la ruta a seguir y localizar tales tesoros. Por supuesto, en toda la historia de los Cabos de la Florida, y de otros lugares, esos mapas eran falsificaciones para conseguir el dinero de otros sin dar nada a cambio.

Esos cazadores de tesoros que compraron estos mapas, pagaron grandes cantidades de dinero y se gastaron enormes cantidades de energía, siguiendo las direcciones, sólo para no obtener resultado alguno.

La lección aquí es que, un mapa que le dirige para encontrar el tesoro, es un documento de enorme valor.

Este libro es un mapa. Es también un camino, para que usted pueda conseguir, el tesoro más grande que se haya imaginado nunca.

Este tesoro se llama su "Alma Gemela"; esa

persona mística, que la mayoría de la gente piensa que existe y que solamente pocos pueden encontrar en su vida.

¡Su "Alma Gemela" le traerá paz, armonía, placer, riquezas...una alegría nunca imaginada, o que usted no pensó que sería posible!

El encontrar a su "Alma Gemela", es la meta más grande que usted haya logrado nunca, las recompensas serán diez veces mayores de lo que usted se pueda imaginar.

Mucha gente no cree que existe el "Alma Gemela"; esto podría ser debido al simple hecho, de que no hay muchos libros escritos en este tema, que expliquen bien su importancia. Es por esta razón que la gente pierde el entusiasmo o la guía para buscar esta persona que los complementará.

Si, hay libros escritos que dicen al lector cómo los hombres y las mujeres piensan.

Si usted es un hombre y hace esto, después ella responderá y hará aquello.

Si usted es una mujer y habla de esta forma con él, después él responderá de esta otra forma.

Ese tipo de información, es agradable de leer, pero usted necesita armonizar con su "Alma Gemela", por la forma que cada uno es, con respecto del otro, o sea, que de la forma que usted normalmente piensa y actua, es lo que a el o a ella le falta para engrandecerse a niveles inimaginables.

Es por eso que le animo a leer a otros autores que escriban sobre este tema, para maximizar su potencial y para acelerar el proceso de encontrar a su "Alma Gemela".

Por favor, no tome ninguna información con fe o creencia, a menos que usted haya hecho la prueba, y haya encontrado que esa información funciona correctamente y le da los resultados requeridos.

Tener fe, como en la religión, y poder creer en la existencia de la "Alma Gemela" o poder encontrarla, es un esfuerzo muy desalentador. Sin un mapa del camino o una guía para señalar la forma, es difícil encontrar a su "Alma Gemela".

Este libro le dirá la forma de reunir a los candidatos, que se calificarán para ser su posible "Alma Gemela".

También le digo cómo despedir a los candidatos, que hacen poco o nada por usted. Usted aprenderá cómo identificar a su "Piedra de Toque", y descubrirá cuál es la mission de ella en su vida. Además, usted aprenderá a identificar a sus "Polos Opuestos" y aprenderá a darse cuenta qué tan cauteloso debe usted ser al relacionarse con ellos, puesto que habrá grandes fuerzas de atracción y hasta el posible pensamiento de casarse. (¡Por favor, no se case con su "Polo Opuesto"!).

Se le dará un simple diagrama para que pueda

identificar su signo y también para que identifique bajo qué signo se encuentra su "Alma Gemela".

Usted descubrirá que el divorcio es a menudo necesario, así que se podrá desligar de la culpabilidad que se asocia a él.

Y finalmente, usted aprenderá la importancia de encontrar a su "Alma Gemela" y porqué es tan crucial en su existencia y felicidad.

Encontrar a esta persona tan especial es lo de mayor importancia. ¡Es lo de mayor urgencia! Lo es si usted se preocupa por ser lo mejor que pueda ser y por vivir la más agradable existencia, que usted incluso no soñaba que podría ser posible.

¡Sí, su "Alma Gemela" es el tesoro de tesoros!

Conserve una mente abierta, y le deseo un buen rato y gozo en la lectura de este libro.

Capítulo Uno

La razón

*... Érase una vez una muchacha
que se llamaba "Cenicienta".
Ella salió corriendo del baile y,
en la prisa, perdió su zapato de cristal.*

*Ella tuvo que dejar a su príncipe
porque su madrina le había impuesto
el "Toque de Queda".*

La razón

EN EL PRINCIPIO, muy al principio, Dios creó el universo: los planetas, el sistema solar, galaxias, etc..

Después, Dios vino a nuestro planeta y creó los océanos, los peces y la fauna que vive bajo el agua. Dios también creó los pájaros y cada insecto que volaba. Él incluso creó los animales que vagan por la tierra hoy.

Dios dio vida y sentido de supervivencia a todos estos animales, así como el instinto de la reproducción al ser accionado por el sexo.

Dios creó todo esto, y después calculó que con tantos animales, insectos y peces en el planeta, él debería de crear a una especie que se encargara de salvaguardar la ley y el orden.

Este pensamiento incitó a Dios a pensar en crear al hombre.

Él hizo un montón de barro y empezó a darle la forma del hombre; lo moldeó con dos piernas, dos brazos, una cabeza, etcétera. Luego, Dios puso en el interior las moléculas que crearían emociones, a ese cuerpo de barro.

Él también puso las moléculas de la testosterona, los músculos en el cuerpo para luchar contra animales salvajes, la seguridad en sí mismo para evitar el miedo de enfrentarse con retos mayores de lo que él creería posible y la capacidad de cazar animales más grandes que sí mismo.

Después de poner muchos más ingredientes en el cuerpo de barro, Dios tenía que encontrar un nombre para ese cuerpo, así que lo llamó "Homo Sapiens", que es la palabra en latin que indica "Hombre Sabio" o "Hombre con Inteligencia Creativa".

Dios le había dado al montón de barro la seguridad en sí mismo, y una mente con la capacidad de articular palabra y razonamiento abstracto. Después de que todos estos detalles fueron efectuados, Dios sopló su aliento en el montón de barro, que él tan hábil y perfectamente había creado y ... el montón de barro tomó vida.

Así fue como el hombre fue creado.

Aquí Dios se detuvo brevemente a pensar: "Ahora tengo que hacer que esta especie se reproduzca por sí misma, puesto que estoy demasiado ocupado cerciorándome de que el sistema solar y las galaxias funcionen eficientemente. Pero ... ¿cómo voy a hacerlo? Si este cuerpo tiene que cazar y tener bebés al mismo tiempo, entonces tendrá una tarea imposible. Los otros animales pueden matarlo muy fácilmente, porque él estará demasiado vulnerable, cuando esté dando luz al bebe' y amamantando a su criatura. Además, he dado al hombre todos los ingredientes para la caza y para que pueda sobrevivir, pero no para el nacimiento de un bebé, ni para cuidar de él, o para darle el amor que se require, para que las moléculas y emociones jóvenes crezcan sanas. Esto va a ser un conflicto con la forma en que he creado al hombre".

Sin embargo, Dios pensó: "Tengo que admitir que he creado una obra maestra de este monton de barro. El hombre es realmente la mejor de mis creaciones hasta ahora".

Después de tomar un descanso, Dios llegó a la conclusión de que otro cuerpo de otro montón de barro debía ser creado.

La función de este cuerpo sería principalmente para la reproducción de la especie, pero ambos (el hombre y el otro cuerpo) tendrían que trabajar y vivir en armonía y unidad. Para lograr este objetivo, tendría que haber una atracción mutua entre los dos cuerpos.

Dios esperó hasta que el hombre se quedase dormido y entonces tomó una costilla del cuerpo de éste. Con esta costilla como herramienta, Dios moldeó la segunda pila de barro teniendo en mente las funciones primarias que este cuerpo debía de cumplir; funciones como el amor, la ternura, la belleza, el equilibrio emocional, una mayor resistencia contra el dolor y el sufrimiento; la prioridad del bienestar familiar, los sentidos fuertes para echar raíces, estabilidad en la familia y necesidad de tener refugio y seguridad para protegerse contra el peligro de animales salvajes.

Dios estaba seguro de que todos estos ingredientes eran necesarios para el éxito de su proyecto, pero él tuvo que admitir que este nuevo cuerpo era muy diferente a su primera creación, a la que él llamó "Hombre". Estas diferencias serían un problema entre esos dos, a menos que él creara una emoción que los uniera entre sí.

Así fue como Dios tuvo la idea de la atracción sexual. Esta era la emoción que haría que estos dos cuerpos se reprodujeran y se multiplicaran, pero él también quería que los dos permanecieran juntos y vivieran en armonía despues de haber nacido a los hijos, complementandose para engrandecer sus mentes y asi poder hacer un buen trabajo de ser los guardianes de este planeta.

Después, Dios creó el ingrediente del amor y lo enterró en la parte más profunda de la mente de los dos cuerpos. Para despertar este amor, él tendría que crear una llama para encenderlo y para traerlo a la superficie de la mente, alcanzando al resto de las emociones que afectaban a los cuerpos.

Dios quedó satisfecho con el diseño de sus nuevas creaciones, pero, "Primero lo primero", penso': "Tengo que terminar de esculpir este otro monton de barro".

Sí, Dios estaba feliz y se sentía romántico

La razón

mientras formaba el segundo cuerpo, así que decidió no poner tanta testosterona en él (el hombre tenía ya bastante para ambos). Puesto que debían tener sexo para poder reproducirse, y debido a que Dios había creado al hombre tan resistente y egocéntrico, él quiso hacer a este otro cuerpo hermoso y bastante atractivo para seducir al hombre, incluso en los días en que él estuviera cansado después de un arduo día de caza.

Dios hizo este segundo monton de barro hermoso, muy femenino, sin los músculos fuertes que el hombre tenía. Moldeó las curvas en el cuerpo, las cuales eran obras maestras. La cara la hizo lisa y sin vello facial y los ojos los creo' grandes y atrayentes; la boca la hizo seductora y las piernas las moldeo' de tal forma que ellas earn irresistibles a la vista del hombre.

Y al finalizar, Dios hizo los pechos de este cuerpo excesivamente grande con el propósito de que el bebé se pudiera alimentar de ellos. Pero pienso yo, que Dios se sentía un poco culpable con la perfección del hombre, y asi, quiso mantenerlo en Jaque, dandole a este segundo cuerpo la ventaja, en el departamento de la seducción.

Después de que todos los detalles fueron realizados y revisados, Dios sopló en este nuevo cuerpo de barro y éste tomó vida y comenzó a hablar.

La razón

Ahora, Dios tenía que encontrar un nombre para este nuevo ser. Puesto que este era una hembra que había venido del hombre, su nombre debería tener implícito a la palabra "Hombre" para que éste la respetara.

Dios pensó y pensó. Como una de las funciones de la hembra era la reproducción, la palabra "Sexohombre" vino a su mente. También se le ocurrió la palabra "Impresionar-hombre", puesto que ella era tan hermosa; tambien la palabra "Bonito-hombre", por su belleza.

Pero todos estos nombres se enfocaban a realzar la belleza, o la perfección de la hembra, y eso podría crear conflicto con el hombre, poniéndolo demasiado celoso cada vez que él mencionara su nombre.

También con todas las cualidades y perfecciones que el hombre tenía, podría ser llevado a actuar con demasiada presunción.

El objetivo aquí era el de darle un nombre a la hembra, el cual implicara respeto cuando el hombre lo pronunciara. Así, subconscientemente el hombre se daria cuenta y entendería la importancia de la hembra en su vida. Le daría el respeto que ella necesitaba para engrandecerse, y que muy bien se merecía. Este nombre indicaría a cada momento que la mujer tenía otras cualidades más, las cuales el hombre no poseía, como la de reproducir la especie, o la de procurar la armonía en la relación de ambos.

Así como las palabras tienen su objetivo, la palabra "Muy" vino a su mente; también la palabra "Mejor". Pero ambas palabras por sí solas, crearían celos y conflicto en la mente del hombre, así fue que Dios eligió la palabra "Mujer". Esa palabra le recordaría al hombre que ella es "Muy" y también de que ella es "Mejor", pero sin ofender el orgullo del hombre, al no expresar esos adjetivos directamente.

Si, la palabra "Mujer" era la palabra perfecta, y así fue cómo Dios había razonado sobre esta interacción importante del hombre y de la hembra.

Ahora sólo faltaba un punto por realizarse y ése era, despertar el amor que estaba profundamente enterrado en la mente del hombre y de la mujer, y adherir ese amor a uno y al otro al mismo tiempo.

Para lograr esta tarea, Dios tomó una partícula de sí mismo y la partió en dos pedazos. Después él tomó las dos mitades y le dio una al hombre y la otra a la mujer. Dios entonces le dijo al hombre: "Esta es tu Alma, y "Mujer" tiene la otra mitad. Ustedes son ahora "Almas Gemelas". Podrán funcionar por separado, pero juntos serán mejor y tendrán mucha mas felicidad. Vayanse por este mundo que yo les he creado y multiplíquense, haganme orgulloso de haberles creado".

La razón

El hombre y la mujer se fueron por el mundo, para vivir de la forma en que Dios los había creado, para vivir felices para siempre, complementandose el uno con el otro.

Después, Dios tomo' billones de partículas de sí mismo, las partió por la mitad y las echó al universo a la vez que decía: "Ustedes son las Almas que ocuparan los cuerpos recien nacidos de esta especie que he creado. Su misión es encontrarse, (encontrar a su "Alma Gemela"), para poder asi sacar mas frutos de su existencia en este mundo, despertaran el amor y la sabiduría de aquellos cuerpos que ustedes poseerán y regresaran a mí después de que sus cuerpos no lo sean más. Hagan que me sienta orgulloso de ustedes en su viaje".

Con esta última tarea, y porque se había privado de tantas partículas, Dios puso el universo en piloto automático y después descansó por muchos días.

La cosa principal y más importante que usted puede hacer por su vida romántica es reconocer que todos, como seres humanos, tenemos una "Alma Gemela"; reconocer que esta persona va a hacer que su vida sea más feliz y maravillosa; reconocer que, sin esa persona especial, usted es solamente la mitad de la unidad entera que Dios ha creado, y

La razón

como tal, solamente logrará la mitad de sus objetivos en el mejor de los casos. El hombre existe y fue creado. Puesto que estamos aquí significa que tiene que haber una razón de ello. ¿Por qué estamos aquí? ¿Con qué propósito? ¿Cuál es nuestra misión? Somos diferentes a los animales, por lo tanto, estamos aquí para mucho más que para la reproducción. La mujer existe y fue creada. Ella es obviamente diferente. Ella debe también tener una misión que sea diferente a la del hombre. Ella es única, así que debe reconocer esta unicidad y ampliarla. Su mayor unicidad es su capacidad de engrandecer a su hombre y de ayudarlo a ser más productivo que por sí solo.

Cuando creemos en nuestro Creador también debemos creer en sus creaciones, y puesto que la mujer fue hecha para llevar a cabo misiones en su vida, entonces podemos llegar a la conclusión de que la mujer es tan importante como el hombre. La clave de este rompecabezas es descubrir a dónde pertenecemos.

Cuando nos demos cuenta de nuestro talento y lo pongamos en acción esta grandeza emergerá y los resultados serán visibles ante los ojos de todos.

El hombre y la mujer fueron creados de diferente forma, y puesto que nos relacionamos, tenemos el deber de hacer que esta conexión funcione de forma armoniosa para coordinar nuestras mentes, emociones y cuerpos a la mejor de nuestras capacidades.

Nuestros cuerpos tienen necesidades especiales y esas necesidades están allí por una razón. Es solamente sentido común pensar que estas necesidades están hechas para satisfacerse y no para ser abusadas o reprimidas.

Nuestras mentes tienen necesidades especiales. ¡Esa es la verdad! Son nuestras mentes las que empujan la civilización hacia adelante.

La mente contiene emociones y estas emociones deben ser satisfechas. Las emociones tienen hambre de su clase de alimento, y cuando este alimento no se suministra, las emociones se salen de control y el individuo comete toda clase de errores. El cerebro no piensa correctamente y la vida va cuesta abajo.

Nuestras Almas se abren solamente cuando las necesidades de la mente y del cuerpo se satisfacen.

Sí, especialmente las necesidades emocionales.

La gente que reprime sus sentimientos por el miedo a ser lastimado emocionalmente debe considerar las alternativas.

¿Es mejor vivir sin amor?

¿Es mejor sentirse inmune a toda clase de afecto?

La razón

Si sus emociones del amor no están funcionando..

¿Cómo está usted disfrutando de la vida? Debemos también reconocer que nos crearon con un libre albedrío. Si reconocemos esto, debemos reconocer que somos únicos. Esta unicidad demanda excelencia para mantener nuestra propia identidad, para ser nosotros mismos y prosperar.

¿Cómo podemos prosperar cuando somos solamente la mitad de la unidad total? Debemos también reconocer que fuimos creados de diferente forma los unos de los otros y que esta diferencia indica, que la otra mitad debe de ayudar a complementarnos, permitiendo asi, que externemos pensamientos, capacidades, emociones, talentos y recursos de nuestro "yo interno", los cuales ignorábamos que existían.

Vivimos en un mundo que ofrece muchas opciones, muchas tentaciones y muchos miedos y preocupaciones. Es por esta razón que tenemos que desarrollar las herramientas y el equipo necesario para enfrentarlo.

La educación en el tema requerido es un deber-tener, de otra forma no creceremos a la velocidad deseada.

Hemos avanzado bastante en Tecnología, Medicina, alimentos elaborados y conquistando a los océanos y a los cielos. También hemos sido muy

La razón

buenos, estudiando y desarrollando las ondas de aire (hertzianas), el teléfono, la radio, la televisión, el Internet, los mensajes de texto y el correo electrónico. Pero el desarrollo de nuestras emociones y el aprendizaje de cómo ser más y más feliz cada día no han avanzado a la misma velocidad. Dios nos creó y ese simple hecho debe ser suficiente para que nos demos cuenta que somos lo primero, que somos el número uno en el orden de prioridad, pero parece que tenemos miedo de sobresalir como seres humanos. Parece que somos demasiado tímidos para llegar a ser tan grandiosos, como el potencial que llevamos dentro de nuestra mente.

Estamos engañando a nuestro Creador, a menos que lleguemos a ser lo mejor que podamos, pero eso no es posible si no encontramos a nuestra pareja perfecta, a esa persona especial que lleva la otra mitad de nuestra Alma.

Una vez que usted entienda esto verá que no hay otra Filosofía que tenga la clase de sentido que estoy exponiendo. Entonces entenderá que el propósito, la razón detrás de todo esto, es que nuestro Creador quiere que encontremos a nuestra otra mitad, al hombre o a la mujer que complementa la unidad.

Parece difícil, pero como todo, una vez que usted

tiene el conocimiento, la claridad pavimenta el camino y con determinacion encontrará su destino. Es bien sabido que si usted no tiene idea a dónde va, nunca podrá llegar allí. Si usted no sabe lo que está buscando, las probabilidades de que usted pueda encontrar el camino son nulas. Así que si usted no sabe lo que necesita en el departamento emocional entonces usted no sabrá conseguir la información y el conocimiento para poder encontrar a esa persona especial.

Usted puede incluso encontrar a su "Alma Gemela" por casualidad, trabajar con ella, progresar juntos y nunca darse cuenta de que ella esta' ahí.

Mientras más envejecemos adquirimos cada vez más conocimiento por el simple hecho de que vamos acumulando información. De alguna forma, la mente y el subconsciente clasifica toda esta información y llega a conclusiones. De este razonamiento, años más tarde, usted se preguntará si ese hombre que intentó cortejarla cuando usted era más joven era el que tenía la otra mitad de su Alma, pero usted nunca tendrá la seguridad. Usted puede pensar: "Ah, no aparecía en mis cartas en esta vida".

Pero yo le voy a decir: "¡Qué desperdicio de vida!"

Usted puede intentar con todas sus fuerzas

La razón

justificar los pobres resultados de su vida en este departamento. (Su mente lo hará automáticamente, porque se protege con un mecanismo de autodefensa. Si no, usted se volvería loco y no podría funcionar normalmente).

Usted irá a su sepulcro con la sensación de haber hecho un trabajo mediocre en su vida y, por lo tanto, traerá como consecuencia una pequeña cosecha para su Creador.

Aquí están algunas razones por las que usted pudo haber "dejado ir el barco" en esta área de su vida:

1. Usted no sabía o no creyó que existía su "Alma Gemela".

2. Usted no era consciente de la importancia de este tema.

3. Usted no sabía dónde buscar la información sobre este tema.

4. Usted no podría imaginarse, ni en sus sueños más atrevidos, la belleza, el placer, la satisfacción y las maravillas que la vida trae consigo después de que usted encuentra a su "Alma Gemela", cuando ambos comienzan el viaje de la vida juntos.

5. Usted se compromete y permite que su vida tome el curso que las circunstancias en ella se dictan, en vez de que su vida siga las que usted le dicta a ella.

La razón

¡Usted no es un robot!. Usted tiene una opción... y claro... esta opción parece a veces ser muy difícil de elegir, hacia un futuro positivo, pero eso es porque usted permite que las circunstancias de su vida dicten la política a seguir, en lugar de mantenerse firme en los principios de la vida. Estos principios han dado siempre buenos frutos a la gente que los cree y los practica.

No es muy bien sabido que:

1. Nunca es demasiado tarde.
2. Es mejor intentar y fallar que nunca haberlo intentado.
3. Mientras más veces lo intente mayores son las probabilidades de encontrar a su "Alma Gemela".
4. Usted debe intentar encontrar a su "Alma Gemela" en fiestas y reuniones a las que asista con sus amigos, en organizaciones tales como iglesias, en su lugar de trabajo o pasatiempos, en el ciber-espacio, en reuniones de accidentes de tránsito, escalando una montaña, trepando a un árbol, o subiendo las escaleras. ¡Usted no debe rendirse nunca!
5. Cuanto más conocimiento usted recolecte sobre este tema, más pronto su sexto sentido

identificará a su "Alma Gemela".

El propósito de este libro es ayudarle a entender el poder de encontrar a su "Alma Gemela", probar que ésta existe y darle instrucciones sobre cómo colocarse en la posición y el lugar que este' más cercano a su "Alma Gemela".

Este libro es también para toda esa gente que piensa que un amor como el de Romeo y Julieta no es real, sino un cuento de hadas. Es para esa gente que piensa que tiene un hombre o una mujer que es su "Alma Gemela" para el resto de sus vidas, pero que están equivocados.

Para la gente que basa sus opiniones en emociones y sensaciones que, con frecuencia, son accionadas por el sexo y la lujuria.

El sexo y la lujuria son el primer paso para reproducir la especie, pero llegan a ser muy aburridos y a veces desagradables cuando el amor no existe. Esta opinión también se basa en el nivel de entendimiento que se tiene sobre el grado de felicidad que cualquiera puede experimentar.

Por ejemplo, en la Era de la Depresión, mucha gente creció consumiendo papas y pensando que era el mejor alimento que existía. Todos sabemos que, aunque las papas alimentan su cuerpo, hay muchos alimentos que son más sabrosos, más nutritivos y más atractivos a cada gusto en particular. La calidad de sus encuentros sexuales no define a las "Almas Gemelas". El sexo en sí mismo es una práctica sucia, a menos que la emoción del amor se ate a esta función, que entonces se llama "Hacer el Amor".

"Hacer el Amor" es una actividad hermosa que, con su "Alma Gemela", puede durar por años y años. También mantiene el cuerpo más sano y en armonía con nuestra edad mientras nos volvemos más viejos.

El alimento sano también crea emociones sanas, así que la mente y el cuerpo están en armonía perfecta.

Además, usted no necesita las drogas para estimular el sexo. Nuestros cuerpos y mentes tienen todos los ingredients, que son necesarios para el funcionamiento perfecto; lo único que se requiere es ponerlos a trabajar. En algunos casos, el cuerpo se retrasa y el funcionamiento parece deteriorarse, pero eso pasa porque se bloquean nuestras emociones. Si usted despierta las emociones, la mente accionará el cuerpo y usted sentirá que la edad es irrelevante.

Contrario a tener su "Alma Gemela", la cual le satisface completamente en el ámbito sexual hoy, mañana y el resto de su vida, el sexo para la gente que no está atada a su "Alma Gemela" le instiga a buscar a diversas parejas, porque llega a volverse aburrido después de un rato, dias o anos con la misma persona. Con esta práctica nadie puede salir adelante. Es como construir su casa, aburrirse después de un rato y derrumbarla para construirla de nuevo. En el departamento emocional tenemos mucho que aprender aun. Nuestras mentes, pueden y tienen mucho que aprender todavía. No hay muchos libros que nos ayuden a entender la forma que fuimos creados, o por qué nos crearon de la forma que somos.

De acuerdo con los resultados de nuestra sociedad y los de la mayor parte del resto del mundo, está claro que tenemos que poner más esfuerzo en la comprensión de este tema.

Una cosa está clara. Debemos esforzarnos para conseguir, al primer intento, nuestra opción correcta para el matrimonio.

Tenemos que pasar más tiempo cortejando.

Tenemos que aprender cómo encontrar a esa persona especial y a casarnos de la forma correcta desde la primera vez, a través de este libro y otros libros sobre este tema.

El Universo y la naturaleza que nos rodean, incluyendo nuestras sensaciones y emociones, tienen su propia forma de funcionamiento y por eso es que necesitamos entenderlo para poder encontrar a nuestra "Alma Gemela" correctamente.

Este libro pertenece a una serie de otros libros que he escrito, a la que llamo "La Serie de Principia". Todos le ayudarán a aprender y a crecer mientras que concientiza y reflexiona.

Capítulo Dos

Mi Historia

El príncipe buscaba a Cenicienta,
por todas partes,
Visitando los lugares mas apropiados,
Pero sin resultado alguno.
Él encontraba solamente,
Las mismas caras familiares.

SOY DE "LATINOLANDIA", del lugar del romance, del buen vino y de un estilo de vida fácil. Idealista por naturaleza me esforzaba siempre por la perfección. No estaba contento a menos que mis acciones tuvieran la aprobación de todos, y digo ... ¡de todos! (Sí, ahora sé que esta no es sólo una meta imposible, sino también una forma de pensar que no es razonable).

Ni mis padres ni cualquier persona con quien yo me relacionaba en ese entonces sabían de mi obsesión, o nunca se tomaron el tiempo de corregir mis pensamientos. Probablemente tampoco ellos entendían este tema. Por eso fue que tuve que buscar siempre una respuesta a las preguntas que atraían mi interés.

España era un lugar en el cual la posición social jugaba un papel muy importante en el desarrollo de nuevas ideas. Las familias tenían que estar socialmente bien conectadas a fin de que los talentos fueran reconocidos, en lugar de que los talentos se reconocieran por los méritos en ellos.

Fue ayer (hace treinta y cinco años) cuando yo miré hacia Norte América para poder entender mi propio valor. Me aventuré a ver la "Olla de Oro" al otro extremo del "Arco Iris" y por eso fue que decidí hacer ese viaje.

Mi "Olla de Oro" no tenía nada que ver con el dinero.

Yo tenía bastante solvencia para satisfacer mis necesidades económicas. Mi "Olla de Oro" era entender y adquirir el conocimiento necesario para comprender la vida y el significado de nuestra existencia. La pregunta ardiente que yo tenía que saber era ... "¿De qué se trata la vida?"

La solución parecía fácil. ¡Iré a Norte América y alli encontrare' mis respuestas!

Pero la realidad de llegar allá era enormemente diferente a mis expectativas. Aplicaciones fueron hechas, aplicaciones fueron negadas; más aplicaciones fueron hechas, más aplicaciones fueron negadas; más investigación fue hecha, más aplicaciones fueron hechas y enviadas ... ¡negadas! ¡negadas! ¡negadas!

"¿Quién se cree que es esta gente?" Pensé. "Tengo veintitrés años de edad, estoy sano, tengo ambiciones y mi propio negocio desde hace tres años, ¿Soy constructor y no califico para ir al país del yermo, los Estados Unidos de América? Está bien, si yo no puedo lograr mi objetivo ahora, trataré de acercarme lo más que pueda y volveré a intentarlo desde el otro sitio".

Este nuevo plan me dio resultado, y después de

muchas otras aplicaciones hechas, finalmente conseguía poner un pie en Norteamérica. (Le daré más detalles sobre este episodio de mi vida en mi nuevo libro "Principia: El Aventurero").

Ahora estaba en el "Nuevo Mundo", donde tuve que aprender un nuevo idioma, nuevas formas de pensar, nuevas reglas, nueva moralidad, nuevas leyes, conocer nueva gente ... Después de mucho pensar llegué a la conclusión... "Si quiero vivir mi sueño y sobrevivir todos estos cambios hay solamente una forma. Como el ave "Fénix" necesito quemar mis viejas costumbres y resurgir de entre las cenizas".

Comencé a movilizarme aprendiendo Inglés, trabajando, leyendo y pensando en Inglés. ¡No más Español para mí! Cualquier pensamiento que viniera a mi mente lo traducía inmediatamente. El idealista en mí tenía que conquistar y no había lugar para fallos.

La idea mitológica del pájaro quemado, el ave Fénix, resultó ser la correcta para mí y los resultados muy satisfactorios; tanto así fue que, cuando visité la tierra donde nací, ya no podía recordar cómo hablar mi lengua materna. ¡Era tan divertido!

Comencé a hablar con mi madre en el primer día de mi llegada, la oí decirme qué contenta estaba de tenerme de vuelta. Yo entendía cada palabra que ella decía (ningún problema habia alli). Ella comenzó a hacerme preguntas sobre mi viaje y yo procedí a contestarle, pero ella solamente me miraba confundida.

Le pregunté otra vez qué pasaba y ahora ella parecía desconcertada.

Mi hermano, que estaba al lado de ella, me dio la respuesta. "Estás hablando en Inglés y ese es un idioma que no entendemos. ¿Qué pasa? ¿Acaso has olvidado tu lengua materna?"

En efecto, mi mente había bloqueado la correlación entre mi cerebro y mi lengua. Luché para traer mi idioma materno de nuevo a mis labios, pero fue en vano. ¡Por mi vida! ¡No podía darme a entender!

Mi madre me disculpó de los invitados diciendo:

"Él está cansado. Acaba de llegar del otro lado de nuestro planeta. La diferencia de horario y el viaje lo han fatigado demasiado. Vé a la cama hijo, descansa. Estarás bien mañana."

Después de doce horas de sueño mi mente puso todo en el lugar apropiado, y ahora si, yo era bilingüe.

De nuevo a Norteamérica...

Un poco después mi "Olla de Oro" perdió su brillo para mí, pero era demasiado tarde. Me había quedado enganchado en la melodía de este nuevo mundo. Mi pasión echó raíces tratando de entender qué hace que todos nos esforcemos para la perfección.

Los EE.UU., la tierra en donde los valientes toman el sol de la oportunidad. "¿Qué mejor lugar para encontrar respuestas a mis preguntas?" me dije yo.

En aquél entonces mi entendimiento era pobre, mis deseos ricos, mi pasión... ¡Ay! ... mi pasión no sabía de ninguna substracción. Yo tenía que agregar y agregar a la comprensión de lo que se trata esta vida.

En mi búsqueda, la naturaleza siguió su curso y como todos, me había llegado la hora de encontrar a mi compañera. Esto era (pensé) hacerme cargo de las necesidades físicas de sexo y de la reproducción. Pero un poco después, el sexo debía tener una emoción adicional para satisfacerme; por sí sólo, me dejaba hambriento; desatisfecho.

Se hablaba mucho acerca de la emoción del amor en aquellos tiempos, pero realmente, yo no podía entenderlo. Pensé que era un cuento de hadas sobre el cual la gente fantaseaba. Sin embargo, me zambullí en él y comencé a analizar a la gente casada y sus relaciones. Fue confuso durante algún tiempo, puesto que algunas parejas parecían salir adelante y unirse asi mismos más y más conforme los años pasaban; mientras que otras se distanciaban.

Teniendo sólo la mitad de los remos en el agua me sumergí en un matrimonio a finales de mis años 30, después de intentar encontrar a la mujer para mí en dos diversos continentes.

Oí mucho sobre el amor en esos días, pero no lo podía encontrar. Lo busqué y no lo encontré, tampoco lo comprendí. Así que confié en la atracción de la belleza y del sexo para encontrar a mi compañera, justo como lo hacen muchos otros.

No había terminado mi estudio sobre el motivo de nuestra existencia pero la naturaleza exigió la interacción con el sexo opuesto, pero, aunque habia satisfacción temporal en el departamento físico, existía también la carencia de la satisfaccion emocional.

Sin esperar ver fuegos artificiales de ninguna índole, me casé con una mujer hermosa. Esta mujer era agradable, con antecedentes similares y quien yo sabía que me amaba a su propia forma.

Como la de tanta gente, nuestra unión fue tranquila la mayor parte del tiempo, con desacuerdos ocasionales.

Conforme envejecíamos nuestros desacuerdos crecían y nuestras diferencias llegaron a ser más notables. Intentamos arreglarlas, pero lo único que logramos después de mucho esfuerzo fue poner remiendos sobre ciertas áreas de nuestra relación.

El divorcio era claramente la solución, pero en mi cultura, mientras yo estaba creciendo, el divorcio era considerado la opción de los perdedores; la opción de la gente que renuncia al primer obstáculo en el camino. Toleré tantas dificultades de nuestra unión esperando que las cosas mejoraran. Después de siete años más de sacrificar mis sueños por otros, evalué el curso de mi vida y me hize preguntas como:

¿Quiero ser feliz?

¿Quiero vivir una vida emocionante?

¿Quiero desarrollar lo mejor de mis talentos y habilidades?

¿Quiero sentirme orgulloso de mí mismo?

¿Quiero que Dios se sienta orgulloso de mí?

Mis opciones eran, divorciarme o convertirme en alguien que no fuera yo mismo.

Divorciarme o seguir teniendo una vida mediocre hasta que muriera.

Divorciarme o decepcionar a mi Creador.

Nuestra unión duró casi dieciocho años debido a varios factores, tales como, mi educación y las creencias de mis antepasados y sus enseñanzas, los niños, mi propio orgullo y la renuencia para aceptar errores, la ignorancia en el tema del matrimonio y de mi responsabilidad como esposo, el pobre entendimiento de qué tan importante yo soy en relación a las necesidades de otros y el no poder entender el propósito de nuestra creación.

Después de reflexionar estas preguntas y de hacer frente a la realidad de dónde estaba mi vida en aquel momento, la respuesta era simple. Divorcio.

Inevitablemente el aire del divorcio asomó en el horizonte y eventualmente sucedió. Un matrimonio que debería haber durado cinco años en el mejor de los casos ... ¡tardó más de diecisiete años!

Cierto, el divorcio era contrario a mi educación y cultura, y como mucha otra gente en América y el resto del mundo, experimenté la amargura del divorcio y la sensación de haber fracasado en ese proyecto.

Después de mi divorcio sentía dolor y pena. Estaba sumido en la autocompasión sintiéndome herido y derrotado, pensando quien era yo ahora y quién cuidaría de mí. Me sentí derrotado por unas cuantas semanas. Despues de esas semanas me puse como objetivo encontrar como compañera, a una dama fina con quien socializar, pero sin la esperanza de encontrar el amor ni los fuegos artificiales de mis emociones.

¡No estaba seguro de que existía el amor!.

Pensé de nuevo en mis raíces para intentar encontrar la integridad que me sacara adelante, que me levantara de nuevo, que me reconstruyera a mí mismo para los días venideros. Ahí fue cuando la poesía me encontró. Esta burbujeó hasta la superficie desde la profundidad de mi dolor.

LA POESÍA ME ENCONTRÓ

Y el tiempo llego',
Cuando menos yo lo esperaba,
Fue un día triste y solo,
Cuando mi corazón en miseria estaba.
Que la poesía me encontró.

Mi amada se habia ido,
Buscando estrellas más brillantes,
Yo solo estaba,
Sintiendome herido,
Y sin esperanzas de encontrar...,
O de buscar amantes.

Solo y perturbado por los cambios,
Buscaba yo la anhelada comprensión,
Intentando en vano encontrarla,

Mi Historia

En el fondo de mi corazón.

¡Sí, la poesía me encontró!

Ésta no era una simple voz,
Ni eran profundos silencios.
Si! Era la necesidad de expresar,
Mis desalentados pensamientos.

¿Ella fue quien me encontró?
¿Fui yo quien la encontró a ella?

En realidad eso no importa,
porque juntos estamos desde ese día,
Como dos amantes en plena pasión,
Aprovechando cada instante,
Cada momento, toda ocasión de alegría,
Y tumultuosa emocion.

Emociones locamente desbocadas,
Aumentando su profundidad.

Sentimiento de orgullo sin barreras,
Sabiduría oculta al despertar,
Deseo ardiente sin satisfacción,
¿Soy yo quien perdió mi Camino?
¿Soy yo quien perdio` mi Destino?
¿Soy yo quien perdió la Razón?

¡OH, poesía, mi amiga!

Con sus semillas ella me alimenta,
Me inspira, me llena de amor y de paz,
La quiero conmigo siempre,
La necesito cada vez más y más.

Alas debo yo crecer,
Para otra vez poder volar,
Otra vez mas conquistar nueva vida,
Nueva amante,
Nuevos sueños y horizontes,
Nuevo amor mas Feliz.. mas completo,
Mas Vibrante....

Mis fuerzas consiguieron mejorarse y con la poesía sobreviví. Esa era una buena medicina que me incitó a buscar mayores horizontes. Mi siguiente poema indica cómo conseguía curarme y fortalecerme. .

EL ADIÓS

¿Por qué es que lloras mi amor?
¡A menos que sea de felicidad!

Mi Historia

¿Es que acaso no me sientes?
¿No detectas mi bondad?

Lo de ayer fue sólo un sueño,
Para dejar paso a otro amanecer,
Así es como nosotros somos...
Así es como conseguimos crecer.

¿Por qué es que lloras mi amor?
¡A menos que sea de felicidad!

Me marcho para crear nuevas alas,
La soledad en mi Alma me hace hablar asi,
También tu debes buscar nueva vida,
Para poder asi crecer,
Alguien que te merezca,
Alguien que engrandezca todo tu Ser.

Debes llegar a cumbers mas altas,
Aprender de nuevo a volar,
Con alguien quien te aprecie,
Quien te adore y respete,...
Quiene consiga hacerte amar.

Debes crear un romance Nuevo,
Nuevas ideas ... un nuevo tú...
Ser libre de castigos....
Desafanarte de la esclavitud.

Debes buscar lo mejor dentro de tí,
Debes buscar nueva sangre,
Lejos de las paredes de tu prisión....
Asi podrás sacar tus alas de águila,
Que te harán volar sin aflicción.

¿Por qué es que lloras mi amor?
¡A menos que sea de felicidad!

Me dijiste: "¡Tengo miedo!".
"¡Tú eres lo que necesito!"
"¿Qué será de mí cuando te vayas?"
"Quédate siempre conmigo".
"!No seas mi enemigo!"

¿Pero, es que no te das cuenta?
¡Aquí estaré contigo siempre!.
Estaré por siempre en tu Alma,
Para que nuestras memorias revelen.
Estaré grabado en tu corazón,
Como la alondra que entonará,
La más hermosa canción.

¿Por qué es que lloras mi amor?
¡A menos que sea de felicidad!

Conforme los días transcurran,

Y te sientas triste y sola,
Carente de afecto y comprensión...
Recuerda nuestros momentos juntos,
Y cantame una aún más bella canción.
Pero que ésta no sea para tí ni para mí,
Sino para nuestro más querido adiós...
Para aquellos momentos juntos,
Los cuales nos engrandecieron,
Desarrollando nuestra mas profunda passion!

¿Por qué es que lloras mi amor?
¡A menos que sea de felicidad!

Así pues, allí estaba yo a mediados de mis años cincuenta, soltero y con la creencia de que el amor era un cuento de hadas. Mi carácter se había ido forjando con el tiempo por ser Europeo nato y por la vida en Norteamérica por más de treinta años. Pensé que no había esperanza de encontrar a mi "Alma Gemela", ni creí tampoco de que esta existía.

Eventualmente, idee' una nueva estrategia con el proposito de encontrar a una compañera con quien pudiera compartir los últimos años de mi vida.

Puesto que quise que esta vez fuera de calidad y armonía, rehusé comprometerme y asentarme.

¡Queria lo mejor para mí!

Poco sabía o me imaginaba que iba a encontrar

más de lo que había pedido y que mis resultados habrían sido justificados si hubiera puesto cientos de veces más esfuerzo en mi búsqueda. ¡Sí, encontre oro! Encontré a mi "Alma Gemela". (Usted puede encontrar la suya también. Yo le demostraré exactamente cómo hacerlo).

En mi juventud conocí a muchas mujeres. Me relacioné con algunas como amigos mientras que a otras solamente las observaba. Desde mi adolescencia había estado buscando a la mujer que complementara mi vida de una mejor forma que estando solo.

Sentía curiosidad sobre la otra gente y su comportamiento, con la relación entre los hombres y las mujeres; Preguntas tales como;

¿Cómo compaginaron?

¿Qué atrajo a la gente para que se uniera? Etcétera.

Intentaba siempre imaginar cómo la naturaleza del hombre y de la mujer interactuaban para crear una relación armoniosa que podría (y debería) durar para toda una vida de matrimonio.

También estudié la unión de la gente mayor, incluyendo a mis padres, sus amigos, mis tíos, mis tías y cualquier pareja que tuviera una relación cariñosa que atrajera mi atención.

En todas las relaciones que observé encontré que

las partes implicadas tenían buenas intenciones y que amaban a sus esposos; sin embargo, conforme envejecían las diferencias en su relación crecían creando mucha tensión en su unión. Algo estaba en juego que escapó de lo obvio, que creó toda esta tensión entre sus matrimonios.

Cuando dirigí estos resultados a otros, recivi' siempre las mismas respuestas. Me decían ... ¿A quién le importa? O me dicían que las cosas eran de esa forma. Me decian, "Ella no es buena para él" o él no es bueno para ella, y cosas por el estilo.

Ninguna de esas respuestas me dio' satisfaccion, así que continué en la búsqueda.

Comencé a observar que otras parejas se llevaban muy bien en su edad madura y esto despertó otras preguntas en mi investigación.

Preguntas como:

¿Por qué alguna gente consigue llevarse mejor a través de los años mientras que otras relaciones parecen desintegrarse gradualmente mientras que la gente se hace más vieja? Obviamente todos ellos se amaban cuando se casaron.

¿Porqué nuestro Creador hizo al hombre y también a la mujer?

¿Por qué nuestro Creador no creó al varón y a la hembra en un mismo cuerpo?

Obviamente Dios debió haber pensado que todos los ingredientes y mecanismos necesarios para el buen funcionamiento y los resultados progresivos que el hombre y la mujer necesitaban tener (tales como, la reproducción, el autodesarrollo, la protección a la hora del alumbramiento de un recién nacido, etcétera), deberían ser puestos en dos diversos cuerpos. Si no, ambos sexos estarían en un cuerpo solamente.

Parecía conseguir las respuestas a mis preguntas cuando observé a las parejas que se llevaban muy bien y las comparé con las parejas que tenían una relación pobre. En ambos casos, la persona individual aparentaba ser normal y agradable ante los otros. Pero cuando los observé interactuar en público, las parejas que no se llevaban bien tampoco activaron sus emociones de la misma forma frente a sus esposos, como lo hicieron cuando se apartaban de ellos.

Otro aspecto fue el que observé en el trabajo. La mayoría de la gente, especialmente las mujeres, mencionaban muy a menudo la palabra *amor*. Esta palabra *amor* se ha utilizado tanto que la mayoría de la gente piensa en él como una herramienta para hacer dinero escribiendo libros, novelas, convirtiéndolo en la escena principal en una película, etcétera.

Finalmente, se me ocurrió que las emociones que estaban atadas a la palabra *amor* tenían que ser mucho más Fuertes, que las otras emociones que la gente utilizaba para la supervivencia diaria. ¿Por qué entonces la gente, especialmente las mujeres, no se cansa de escuchar esta palabra? ¿Qué tiene que ver esta palabra con las emociones? Las respuestas se ponían de manifiesto. Hay una necesidad de ella, y la necesidad exige la realización.

El **Internet** parecía ser el lugar más rápido y más abundante para encontrar a una mujer para compañera, así que me hundí en él sin esperanza de obtener resultado que valiera la pena. Calculé, cuando uno no espera mucho, cualquier cosa que él consigue es un bono. Contaba con poco, pero estaba dispuesto a dar algo a cambio.

¡Entonces pensé en la poesía!.

El Internet para la gente soltera puede ser muy confuso, pero las pepitas de oro están allí también. (Le enseño a cómo reducir al mínimo su tiempo y energía de búsqueda en capítulos posteriores.)

La que sigue era mi introducción, mi forma de decir "hola" a las señoras solteras del Internet.

CON DOLOR

Soy Nuevo en este estanque y,
Mis alas están heridas... débiles...

No pueden volar...
Espero que alguien aquí me comprenda,
Y entienda porqué no puedo dejar de llorar.

¿Con tiempo y cariño me volveré,
Nuevamente a recuperar?
Quizás así sea... mas... hoy todo me abruma,
Lleno estoy de sospechas,
Temor tengo, de volver a empezar.

Su ayuda ansiosamente añoro,
Pero solamente si me cuida
Como si fuese su más apreciado tesoro.

¿Habrá en mi futuro un Arco Iris de verdad?
Lindos y puros colores busco,
Que no encumbran falsedad.

No me llevó tanto tiempo,
El recuperarme en el pasado,
Mas, sé que esta vez mi dolor durará,
Porque me encuentro muy cansado.

Échenme una cuerda para salvar,
A esta Alma que está naufragando,
Mi corazón está débil, herido,
Lleno de dolor...
Y... Mi mente con mi conciencia penando.

Las respuestas a este poema fueron muchas, desde mujeres que deseaban ayudarme a recuperar la salud, a mujeres que no creyeron ni una de las palabras que escribí. Aquí están algunas de las respuestas que recibí y algunas de mis contestaciones a ellas.

Mujer: Usted ha llegado demasiado lejos y no pienso que pueda recuperarse nunca. Usted es demasiado triste para mí.

Yo: ¡No se dé por vencida tan pronto!

Mujer: ¡Muchacho, usted está muy lastimado! Debe haberla amado mucho, pero su perfil no encaja con el mío.

Yo: ¡Si usted lo dice! ¡No creo que tenga sentido llamar si usted ha cerrado ya la puerta!

Mujer: ¡Usted es un falso y ninguna mujer debe creer una sola palabra de lo que usted diga!

Yo: No soy ningún falso, y usted parece ahogarse en un vaso de agua. ¡Pero si usted abre su Alma puede encontrar, en alguna parte, una olla llena de oro!

Mujer: ¡Le lanzaré una cuerda, pero solamente si usted se cuelga de ella... ja...ja...ja...!

Yo: Gracias por la sugerencia, pero estoy muy lejos de rendirme en mi búsqueda. Puedo ver que va a ser difícil satisfacer mi petición. Herido estoy y amigos busco. ¿Dónde está esa doncella especial para mi, para poder unirnos, compartirnos, nuestro "Amor" con gusto?

Mujer: Me gusta su poema. No pensé que quedaran poetas en el mundo.

Yo: Si, hay poetas por ahí con mucho para dar. Son las mujeres las que tienen que ejercitar sus talentos para hacernos rimar. Nosotros los hombres buscamos y necesitamos la inspiración de nuestra mejor mitad, para despertar los talentos que nos completarán la felicidad.

Mujer: Muy romántico pero, usted es demasiado débil para mí. Necesito a un hombre de verdad.

Yo: Rápida para juzgar, perezosa para trabajar.., pensamiento pequenete. ¿Cómo puede usted evaluar bien y correctamente, sin invertir tiempo, ni analizar este paquete?

Un hombre de verdad viene con una cara diferente, y depende de usted si le permite entrar o poner sus virtudes dentro de su mente. La correspondencia es un buen ejercicio; ésta le permitirá ver mucho más allá y la ayudará a hacer su acertado juicio.

Mujer: Si usted se recupera algún día écheme una llamada. Tengo mis propios problemas y eso es todo lo que puedo manejar por ahora.

Yo: Usted puede cerrar el trato ahora que nadie me quiere, mas, si usted espera demasiado tiempo, alguien más puede reconocer la joya en mí y convencerme para el resto de mi vida para que la ame, la adore...y la "romancee".

Mujer: Usted parece interesante, pero no sé qué pensar de usted.

Yo: Espejo, espejo en la pared ...
¿Puedes decirme si este poeta puede darme comodidad? Busco dinero y cosas materiales que me hagan sentir segura, pero esta poesía es muy profusa, me distrae, me confunde, y... ya nadie mas la usa. Me despierta emociones elevadas y me asusta demasiado para hacerme tomar cualquier decisión inteligente, ¿Que les dire a mis amigas, si

el no gusta a la gente?

Mujer: Me gustan los poemas. ¿Podemos salir a tomar un café?

Yo: No tan rápido, mi pequeña. Tenemos que conocernos antes de empezar nuestra faena. También tengo yo prisa por encontrar a mi doncella, pero tenemos que compaginar nuestras mentes, intelectualmente, antes de que yo pueda estar seguro de que tu eres ella.

Mujer: Una vez en luna llena vi a una estrella volar, me encanto' verla cruzar el espacio y trate de adivinar donde iria a parar. No quiero salir contigo tan pronto, pero puedo compartir contigo mi lugar.

Yo: Los lugares donde vivimos traen consigo consecuencias, y sería mejor que pensáramos antes de escribir nuestras sentencias. Es bueno que usted intente rimar; esta es la primera conexión para empezar a saber quien soy yo y tratar a su pareja encontrar. Si nuestro diálogo mantenemos y persistimos, quizás encontraremos que estamos ambos buscando el mismo diseño y podremos ser mucho mas que amigos.

Etcétera, etcétera, etcétera.

Pero por otra parte, había una señora que me dijo: "Su poema es agradable ... ¿me envía por favor uno más?"

Fui a mirar su perfil y entre otra información leí: "Quiero a un hombre que sea romántico, autosuficiente, seguro de sí mismo; motivado para amarme, para cuidarme y para mantenerme encantada por el resto de mi vida... Lo quiero todo!".

Envié una respuesta a esta última señora sólo para decirle que eso de "tenerlo todo" era una meta irracional; una meta que nadie podría posiblemente lograr, etc. Ella solamente me contestó: "Podemos tenerlo todo si ponemos nuestra mente en ello. Por favor, envíeme más poemas".

Así fue como el mejor romance del siglo veintiuno comenzó.

¡Usted puede tenerlo todo también! Pero requiere de investigación, investigación y más investigación.

Recopilando esta información y pasándola a través de los filtros de su mente es como el conocimiento echa sus raíces. Así fue como yo lo hice y así es como usted puede hacerlo también.

¿Está usted listo para empezar?

¿Esta' usted lista para ponerse en acción?

Capítulo Tres

Mi Conocimientos

El príncipe había estado buscando,
Entre las mujeres ricas,
Nunca se le ocurrió a el mirar,
También a sus sirvientas.

Con todo, debia el saber,
que ser rico o pobre no tenia nada que ver,
pues no eran riquezas,
lo que le alumbraba su amanecer.

MI CONOCIMIENTO VIENE del mismo lugar que de donde viene el conocimiento de todos, de la profundidad de nuestra mente. Todos debemos saber que la mente subconsciente e inconsciente es una fuente enorme de inteligencia. La mayor parte de esta fuente está por descubrir, desaprovechada en nosotros, y depende de cada cual el explorar en los canales de la mente, que nos traerán las ideas y los pensamientos que mejorarán nuestras vidas, logrando así grandeza, felicidad y auto-satisfacción inimaginables.

Mucho esfuerzo se ha puesto en "fantasear" en el mercado con el fin de conseguir su voto, aquellos que no se preocupan por usted en absoluto.

Nosotros, que tenemos esperanza en la raza humana (puesto que somos parte de ella), creemos sobretodo en esta fantasía por su valor nominal solamente.

Aquí es donde todos incurrimos en equivocaciones.

Creemos sin los resultados que respalden el tema en cuestión. Hay razones de esto, y ese tema por sí solo tendrá bastante material para crear otro libro.

Necesitamos tener prueba o prueba parcial de que la creencia tiene mérito para que usted crea en ella.

Sí, requiere de trabajo e investigación, pero es mejor que seguir por años un camino que no le lleve a ninguna parte. Es decir, antes de que creamos, tenemos que discutir el tema. Para discutir el tema debemos recopilar la información de otras fuentes.

Este principio mantendrá nuestras mentes limpias, y si no totalmente, al menos lo suficiente para tener bastante claridad para ver el camino delante de nosotros.

El razonamiento está detrás de cada gran dilemma, y como éste existe; significa que tiene que haber una buena razón para ello.

Por lo tanto, desde que el hombre y la mujer existimos, nos debemos integrar en las vidas de ambos para finalizar el paquete. Esta parte es obvia para mucha gente. En pocas palabras, no es para romperse la cabeza.

Lo que no parece ser demasiado obvio es que, el simple hecho de ser un hombre y encontrar a una mujer para interactuar en cada aspecto de nuestras vidas, reproducirnos, formar una familia, construir un futuro, no es suficiente. ¡Debemos encontrar a nuestra verdadera "Alma Gemela" o perderemos la mitad de nuestras oportunidades!

Caeremos en un surco sin sueños, sin proyectos

y sin propósito. Con esto quiero decir que, nuestras emociones internas, nuestro autocrecimiento, nuestro mejor "yo", irán al futuro sin ser desarrollados y nos sumergirán en la mediocridad. ¡Sí! Tenemos tanto la obligación de encontrar a nuestra "Alma Gemela" como la de vivir una existencia emocionante. Sin embargo, cuando encontremos a nuestra "Alma Gemela" nuestra vida se llenara de emociones felices.

Un hombre necesita su inspiración- la mujer de sus sueños. Una mujer necesita a su hombre para amar, adorarlo y sentirse protegida por él.

Una vez que esto se entiende bien y vemos su importancia, tan pronto como tengamos un objetivo claro, debemos tomar medidas inmediatas para recuperar los años perdidos y obtener el mayor placer en los años por venir.

Para la gente de más edad, decir: "Soy demasiado viejo para esto", no es una buena respuesta. A ustedes, gente mayor, quizás pueda no importarles la obligación para con ustedes mismos, pero tienen la obligación de ser lo mejor que ustedes puedan para el placer de su Creador.

A la otra gente que busca abundancia financiera le digo que es aceptable buscar riquezas, pero por ahora ustedes deben tener como prioridad encontrar a su "Alma Gemela". Después de que usted la encuentre su mente hallará una forma de conseguir fortuna más rápidamente. No hay nada malo con tener mucho dinero, pero tener mucho dinero y nadie con quien compartirlo es una forma de fracaso.

Para la gente que está casada y después de leer este libro se da cuenta de que no está alineada con su "Media Naranja" según mi fórmula, le digo, sus vidas y naturalezas no están tan complementadas la una a la otra como lo estarían si estuviera usted con su "Alma Gemela" o aún con una pareja de un signo que pertenece al mismo elemento que usted. Cuanto más cercano esté usted a la opción del número uno, a su "Alma Gemela", tendrá mayor armonía y menor conflicto en su matrimonio.

Mi fórmula aclarará las razones de la frustración que usted puede experimentar en tiempos de conflicto con su pareja. Usted debe evaluar sus ambiciones, su necesidad de felicidad y la cantidad de felicidad que usted necesita alcanzar antes de que decida dejar su situación actual. Usted debe sopesarlo con la incertidumbre de estar solo otra vez, sin la compañía de esta persona con quien usted ha pasado años y entrar al mundo de los solteros sin la certeza de que usted vaya a encontrar a su "Alma Gemela".

Recuerde, no hay garantías. Sí, cuesta mucho trabajo dar el paso decisivo, especialmente si su cónyuge es una persona agradable. Y la mayoría de los cónyuges lo son ... ¿O no fue por eso que usted se casó? Si él fuera malo y la golpeara entonces habría una razón para dejarlo. Si ella se acostara con otro entonces habría una razón aquí, pero... ¿Qué pasa si él no la golpea y si ella no es infiel? Usted todavía no es realmente feliz, pero no tiene suficiente razón para irse. (O eso creeriá... antes de que usted haya leído este libro y lo ponga a pensar).

Las mujeres... déjenme darles un ejemplo de la naturaleza. Un bebé nace. El milagro más grande es el milagro de la vida y... ¿qué sucede? La madre que hizo ese milagro posible estaba en dolor terrible durante el alumbramiento, pero... ¿después? Sí, después del nacimiento los dolores del parto desaparecieron y ella tenía tanta felicidad que ella nunca pensó que fuera posible, y ahora se convertía en una madre orgullosa de haber traído nueva vida al mundo.

Lo mismo pasará cuando usted dé el paso decisivo. Habrá "Dolores de parto" al principio, pero valdrá la pena para que una nueva y emocionante vida sea creada. Un "Nuevo Usted" ocurrirá y entonces estará orgulloso de ser el creador de esa nueva vida. Además, usted estará orgulloso de llevar su "Cosecha" a su Creador cuando llegue el momento.

Para los hombres... Dios creó a la mujer para complementarles, para hacerles rimar, para inspirarles, para sacar lo mejor de ustedes, para desarrollar su amor, para permitir que su Alma se conecte con la inteligencia universal, en la superficie de sus mentes y fomente su grandeza para el placer de Dios y del suyo propio.

¿Ella logra esto?

¿Usted piensa que ella lo logrará algun dia?

¿Puede usted darle otra oportunidad después de que

ella lea este libro y lo entienda?

¿Hay alguna posibilidad de salvar su matrimonio?

Este libro no está hecho para crear discordia entre esposos, sino para ayudarlos a entender porqué la discordia ocurre. Él no es malo y ella no es indiferente a usted. Son sus naturalezas las que no se alimentan armoniosamente entre sí, como deberían si ustedes fueran "Almas Gemelas". Es decir, luchamos cuando nuestras necesidades, especialmente las necesidades emocionales, no están satisfechas.

Evalúe extensiva y audazmente poniendo sus expectativas en los niveles apropiados. También sugiero que usted mantenga una mente abierta y planeé su futuro por consiguiente. Pero recuerde, Dios creó al hombre en su propia imagen y semejanza, con libre albedrío, espíritu libre, independiente y con auto-derecho. Por favor, no olvide eso y piense que usted es primero.

¡Siga adelante y haga valer su auto-derecho! Está permitido. Está perfectamente bien ser feliz. Está perfectamente bien protegerse. Está perfectamente bien experimentar el éxtasis del amor, pero ese éxtasis es solamente posible con su "Alma Gemela".

Para la gente que no cree en el amor, lo siento pero este libro no puede ayudarle. No puede ayudarle porque usted no está preparado para poner el esfuerzo en encontrar la otra mitad de su Alma.

Para la gente que cree en el amor con un compañero del mismo sexo, mi razonamiento fue indicado anteriormente cuando dije: "Puesto que las especies humanas son hechas por el varón y la hembra, entonces significa que Dios quiere que interactúen los dos sexos para la reproducción, para la felicidad, para la satisfacción y para la armonía".

Pienso que usted estará mucho mejor con el compañero del sexo opuesto sin importar sus inclinaciones sexuales, si esa persona es su "Alma Gemela" o si sus signos son cercanamente concordantes.

Sin embargo, este libro es también una guía para intentar ayudar al lector a considerar formas de mejorar su vida y de intentar vivir con más felicidad y menos pena y dolor.

Usted es el último juez para decidir la línea de conducta que desea tomar. Usted también va a ser el beneficiario de los resultados, cualquiera que estos sean.

Mis Conocimientos

Capítulo Cuatro

Los Diez Pasos
para Encontrar a su
"Alma Gemela"

Cenicienta era la sirvienta de su madrastra.
La madrastra era un ser malo y codicioso,
Quien no estaba nunca satisfecho;
Ella sentía siempre la necesidad,
De tener más y mas falsedad.

La madrastra tenía dos hijas.
Ellas eran feas y no muy listas;
Se pasaban el dia entero ociosas,
Y siempre con tontas risas.

ENCONTRAR A SU "Alma Gemela" puede ser difícil, pero usted es el único que puede lograr esta tarea. Esta es la asignación más desafiante que usted tendrá en su vida entera, pero también será la más satisfactoria.

La mayoría de la gente cree que la teoría de la "Alma Gemela" es una fantasía hecha solamente para los niños o los adultos ilusos. Esta gente se da por vencida antes de comenzar el viaje. Ellos renuncian incluso antes de contemplar los valores de esta teoría.

Encontrar a su "Alma Gemela" será fácil y usted se divertirá mucho al practicar este ejercicio conforme siga las pautas de este libro. Usted también tendrá un futuro fantastic cuando encuentre a su "Alma Gemela".

Aquí es donde usted debe comenzar:

Paso #1: Creer

Es la gente que tiene una vida emocionante la que hace que sucedan las cosas.

Usted puede decir: "Alguna gente cree en las cosas incorrectas y entonces sus vidas se van a la deriva."

No estoy de acuerdo con esa declaración, aunque

sé que es grandemente malentendida por mucha gente.

Mi version de la creencia es que, una creencia verdadera es la que perseguirá la acción, a condición de que ésta traiga resultados prósperos al individuo. Si no ocurre resultado próspero alguno entonces el creyente verdadero sigue adelante, no se retrasa, no se espera, no se compromete, no se entrega. Él sencillamente y humildemente sigue adelante con su camino.

Sí, hay que creer... pero creer esperando resultados.

Primero hay que creer, después los resultados sucederán conforme se realice la acción. A la inversa, la acción tiene que ser tomada con creencia, si no esta acción no tiene ningún poder y los resultados no sucederán. Todo se convierte en lo que algunos llaman "Ilusiones".

Con la creencia viene la confianza y con la confianza viene la acción.

Usted subirá la escalera a su felicidad y a una vida maravillosa, paso a paso. Intente subir diez escalones al mismo tiempo. Usted no puede hacerlo. Intente subir tres escalones a la vez y caerá y se lastimará. Dos pasos y entonces usted se cansará y se rendirá demasiado pronto. De ahí que un paso es la mejor y más rápida forma para lograr nuestras metas. Esta es la forma en que los seres humanos estamos hechos. Esta es la forma en que estamos hechos para crecer... un paso a la vez. La mayoría de la gente tiene prisa por conseguir riquezas, placeres, felicidad, etcétera. Por eso es que muchos juegan a la lotería; se involucran en muchas relaciones sin cortejar o toman riesgos y posibilidades innecesarias en sus carreras. Todo esto se debe a la ansiedad que crece en su mente para lograr sus metas. (Esta ansiedad se acumula porque no está con su "Alma Gemela").

El hambre insatisfecho genera más hambre y entonces hay dos veces más hambre, trayendo como resultado la inanición. El hambre empaña la visión y nada de significativo sale de todo esto.

El primer paso para satisfacer esta "hambre" es comer el alimento apropiado. En el caso aquí, el primer paso es conseguir una relación apropiada, incluso si ésta no es su "Alma Gemela" , y empezar a construir desde aquí.

Su "Alma Gemela" le balanceará sin ningún esfuerzo, puesto que está en su naturaleza. La naturaleza de usted también balanceará a su compañero sin ningún esfuerzo por su parte.

Busque a su "Alma Gemela" primero con la creencia de que usted la encontrará. Este es el primer paso y deberá poner todos sus esfuerzos para lograrlo. En la reanudación de nuestro pensamiento acerca de la creencia usted debe decir con confianza: "¡Sé que voy a encontrar a mi "Alma Gemela"! ¡Este libro tiene todo el sentido del mundo y sé que, si otra gente pudo hacerlo, entonces yo puedo lograrlo también! ¡Ahora sé cuáles son las causas que hicieron mi sueño imposible de lograr pero con este nuevo conocimiento será posible ahora! ¡Estoy seguro de que voy a conseguir lo que me merezco, mi "Alma Gemela", felicidad, amor, dinero, abundancia y una vida fantástica como mi Creador quiere que sea!"

Paso #2: Evaluar los resultados

Existe también la importancia de evaluar los resultados correctamente para mantener nuestras emociones en el equilibrio apropiado y determinar el conjunto siguiente de acciones.

Las joyas más finas se cubren a veces de polvo, y a menos que usted mire cuidadosamente, pensará que la joya es un montón de tierra cuando lo único que tiene que hacer es pulirla.

Ocasionalmente sus resultados pueden aparentar ser negativos, pero no se desaliente, en realidad son sólo un preludio a su mas grande Tesoro.

¡Manténgase firme! Un buen ejemplo de esto es considerar la invención de la bombilla de la luz, por el maestro de maestros, Thomas Alva Edison. Después de centenares de intentos para conseguir que el foco produjera luz, un periodista le preguntó: "Sr. Edison ... ¿Por qué usted se mantiene intentando crear la luz en este bulbo de cristal? ¿Acaso no se da cuenta después de esos centenares de tentativas que esto es una tarea imposible la que usted está intentando?"

El Sr. Edison, simple y tranquilamente (con sus emociones en equilibrio debido a la certeza de su conocimiento) contestó: "Mi estimado señor, mis resultados en esos centenares de intentos de traer luz a nuestra oscuridad indican que hay centenares de formas de cómo no crear la luz, pero cada uno de ellos me acerca más a encontrar la forma correcta."

Como todos sabemos, el Sr. Edison evaluó correctamente sus resultados y la bombilla fue creada eventualmente.

También debemos decir para nuestra creencia... "si no hay resultados constructivos entonces sigamos adelante con otra creencia que si nos traiga esos resultados." Esta es la fórmula que hizo a América grande: Esploracion y evaluacion, mas esploracion y mas evaluacion, y asi sucesivamente.

Tenemos que pensar y evaluar a nosotros

mismos todo el tiempo, todos los días. Siempre. Debemos evaluar los resultados de nuestras acciones para asegurarnos que no perdemos nuestro tiempo y energía en el lugar equivocado o con la gente que no hace nada por nosotros.

Alguna gente piensa que no crecemos porque no tenemos el talento o la capacidad de crecer. No, eso no es verdad. El modo apropiado de ver esto es, que no crecemos porque permitimos que el polvo obstruya nuestra visión, como en el ejemplo de la joya. Porque bloqueamos nuestra energía y nos "saboteamos", permitiendo así la creencia de que no se producen los resultados que influencian nuestras vidas a mejorarse y es por eso que nos apartamos de nuestro verdadero destino.

Cuando encontramos a nuestra "Alma Gemela" nuestra visión se aclara, nuestra inteligencia alcanza el kilometraje que ella produce y los resultados positivos comenzarán a ocurrir en nuestras existencias dándonos una forma maravillosa de vivir.

¿No es fantastico quererlo todo y poder conseguirlo?

Paso #3: Visualizar

Para encontrar a su "Alma Gemela" usted debe tener una actitud de determinación. Usted tiene que programar su mente para tener éxito y después tiene que lanzarse al ruedo y luchar contra los leones. ¡Trabajo! ¡Trabajo! Y mas ¡Trabajo!

Primero, determine qué es lo que usted quiere, no lo que otros quieren para usted. Después pare, medite y comience a escribir una lista de las cosas que usted quiere para sí y de la relación que quiere tener con su "Alma Gemela".

Cuando escriba esta lista necesita definir la vida que usted quiere realmente. Es necesario ser muy específico. Describa rápidamente el color de pelo de su "Alma Gemela"; su estatura, si su voz es suave o bulliciosa. ¿Cómo se siente ser besado por esta persona?

¿Le da esta persona una sensación de protección?

¿La entiende a usted?

Esta persona va a venir con polvo. ¿Cuál es su polvo? Su polvo es el polvo del camino. Ésta ha viajado el camino de otras relaciones y ha acumulado algunos hábitos que no necesita o siquiera le importan, pero sin embargo trae consigo.

La ex-pareja de su "Alma Gemela" pudo haber sido también demasiado exigente y ahora ésta está a la defensiva de cualesquier demanda que usted le haga.

La ex-pareja de su "Alma Gemela" pudo haber tenido una necesidad de adulación y esta persona no se preocupó de hacerlo. Ahora está a la defensiva de cualquier pretensión que usted tenga. Y así sucesivamente, usted entiende. Escriba su lista y crea que esta persona existe. Después, prepárese para tener una mente abierta para dejar que su propio polvo sea sacudido por esta persona. Pero hágale el trabajo difícil. No deje que gobierne su vida ni usted intente tomar el control de la relación.

Ustedes deben ser tiernos el uno con el otro. La interacción tiene que ser natural, hermosa y armoniosa, sin barreras, obstáculos o desacuerdos. Continúe, escriba esta melodía en su lista y comience a pensar en cómo usted va a ponerla en la practica.

Paso #4: "Comercializarse" a usted mismo.

Después, salte al ruedo y encuentre medios para ponerse en el mercado. La forma que yo lo hice fue asistiendo a diversos sitios en el Internet y comenzar a escribirle a las señoras que creia que eran interesantes y me atrajeron interes después de leer su perfil.

Cierto, el Internet tiene mucha gente confundida, pero también tiene mucha gente maravillosa.

Usted probablemente ha intentado el Internet antes pero éste no hizo nada por usted. Algunos sitios tienen una computadora que compagina gente. ¿Cómo lo hacen? ¡No tengo ni idea! Pero si alguien pensó que yo iba a permitir que una computadora encontrara a mi "Alma Gemela", está muy equivocado. Esta es una asignación que usted no quiere que cualquier cosa o persona haga por usted.

Soy un hombre afortunado porque cuando estaba creciendo me ensenaron que me colocara donde hubiera abundancia y que yo tratara de conseguir algo de alli si me esforzaba.

La cuestión aquí no es batirse en duelo con el malo, sino encontrar al bueno entre todo el polvo de nuestro camino.

Y a propósito, no hay malo en el mundo. Lo que la gente llama "malo" son simplemente personas o cosas que no les atraen. La inhalación de demasiado aire es mala para un pescado; asimismo, la inhalación de demasiada agua es mala para nosotros. Podríamos escribir varios volúmenes de comparaciones de lo que es bueno y de lo que es malo, pero pienso que usted entiende la idea.

Entonces... ¿Cómo puede usted distinguir entre lo bueno y lo malo? Simple. Lo que le haze a usted feliz, es bueno; lo que le impide a usted ser feliz, es malo.

Para el resto del mundo, deberíamos juzgar de esta forma; lo que es ilegal es malo y lo que es legal es bueno. Por supuesto siempre habrá excepciones, pero en general, este es un buen mapa del camino a seguir. Este es un mapa del camino que nos dará los resultados que nos harán crecer para mejores cosas y una mejor vida.

Navegue por el Internet, invierta un poco de dinero afiliándose a estos lugares y empiece a recolectar sus seis signos astrológicos que tengan prioridad.

Antes de que usted escriba debe estudiar los sitios y perfiles de estas personas por un par de días o noches. Cuando usted se familiarice en cuanto a cómo otros se hacen publicidad y lo que éstos escriben en sus perfiles, usted tiene que darse una idea general de qué es lo que la mayoría está pidiendo y entonces haga una lista de ello.

Después de que usted lo haya hecho proceda a crear su "Estampa".

Su estampa es una posición que usted presenta en su perfil y en su correspondencia a seguir. Mi estampa era la poesía (como usted habrá podido adivinar). Dí la impresión de ser un poeta sin dinero, (claro la realidad era muy diferente). Me divertí mucho y tuve mucho éxito con éllo.

Su estampa podría ser los deportes, o un deporte

particular como el béisbol, o cualquier otro tipo. Podría también ser el de la Cocina y Gastronomía. Las mujeres podrían aprovechar este tema, ya que a los hombres se les conquista por el estómago, y este puede ser el anzuelo que usted tire al agua. Además, estoy seguro de que al menos usted podría freír un huevo.

Después, comience a enviar correos electrónicos a cada uno, derecha e izquierda, pidiendo su signo zodiacal incluso si ya está en su perfil. Respóndales a todos y pida más información. Sea cortés pero audaz. Recoja los signos y comience a examinarlos.

Usted tendrá que comunicarse por lo menos veinte veces antes de que pueda considerar una cita. Recuerde, esto es algo muy serio. Usted está buscando a la persona que será parte de usted para el resto de su vida.

¡Usted lo quiere todo en un solo cuerpo! Lo bueno, la belleza, la armonía, el romance, la certeza de un buen futuro, la magia de la interacción, etc.

Una vez que usted crea que ha encontrado al candidato que se califica por lo menos por la mitad de su lista lograda, tendra que corresponderse con él por un mes y que haya intercambiado comunicación por correo electrónico por lo menos veinte veces, entonces será hora de que usted dé el siguiente paso.

Paso #5: La Cita

En esta etapa usted tomará la decisión y acudirá a una cita. Si usted ha hecho su trabajo respecto de este prospecto correctamente por lo menos un mes, entonces sabrá más o menos qué esperar en la cita. Si usted no sabe qué esperar de la cita, entonces retrásela hasta que tengan mayor correspondencia y mejores conocimientos.

La cita debe ser en un lugar público por un máximo de dos horas. No querrá usted ver los fuegos artificiales de sus emociones aquí. Manténgase sereno y tranquilo. Usted ha estado hablando con esta persona por un mes, así que usted sabe más o menos cómo es ella, y más importante, cómo piensa.

Su encuentro no debe ser difícil. Escuche su "yo interno" y más de la mitad de sus preguntas serán contestadas. He oído que la gente dice que, en sus mensajes por correo, los prospectos parecen ser de una forma pero cuando se encontraron éstos eran totalmente diferentes. Yo le digo a esta gente: "La razón por la que sucedió esto fue porque ustedes permitieron que sucediera. Ustedes sabían de alguna forma que no compaginaban, pero aún así siguieron adelante, se comprometieron, ¿Verdad? ¿Y porqué se comprometieron? Porque ustedes no tenían otro prospecto y tampoco paciencia para esperar uno. Con un mercado tan grande como el que tenemos... ¿Por qué no tenían al menos veinte de dónde elegir? ¿Por qué no se "comercializaron" mejor?"

Durante la cita usted debe observar cada detalle. Por ejemplo: ¿Le ayuda él con la silla? ¿Le abre la puerta? ¿Habla mucho? ¿Le gusta escuchar? ¿Es tímido? ¿Nervioso? ¿Cuál es la forma en que él come? ¿Cómo sostiene el tenedor y los utensilios? ¿Qué tal su conversación? ¿Tiene la misma melodía en la conversación que con las letras que él escribió? Usted debe guardar una imagen gráfica de todo esto y anotarla cuando llegue a su casa.

Después de un rato usted necesita traer a la conversación los temas de los que ustedes hablaron en sus escritos. De cualquier forma esa fue la razón por la que usted tomó esta cita. La conversación debe llevar al punto que usted ponga de manifiesto el carácter de esta persona. Aquí usted tiene que ser directo y conciso. Observe entonces cómo ésta maneja la situación. Si esta cita no le está dando los resultados deseados, usted descubre que esta persona está mostrando otra cara y no quiere quitarse la máscara o usted simplemente encuentra que esta persona no es para usted, sea cortés, mantenga una cita breve despidase con un delicado

"Adios" y largese de alli. En mi opinión, el Internet es el mejor lugar para encontrar a su "Alma Gemela" porque es un mercado enorme. Un volumen tan grande de gente le traerá muchos vagos, holgazanes, groseros, soñadores, divorciados, solteros, casados que actúan como solteros, adúlteras, etcétera. Cualquier cosa en la que usted pueda pensar se encuentra en el Internet, junto con volúmenes de cosas las cuales usted ni siquiera se imaginó.

Hay tambien probabilidades de que el hombre o la mujer de sus sueños estén también en el Internet en busca de usted. Y mientras que ustedes están intentando encontrarse a si mismos, van a conocer mucha gente interesante a lo largo del camino. Así que vale la pena hacerlo. Pero aprenda a examinar a sus prospectos; a hacer las preguntas pertinentes y a estar atento a las respuestas muy cuidadosamente.

Preguntas para examinar a sus candidatos:

1. ¿Qué clase de trabajo tiene usted?
2. ¿Dónde aprendió esta profesión?
3. ¿Su padre trabajó en esto también?
4. ¿Le gusta su trabajo?
5. ¿Por qué lo hace entonces? (En caso de que a él
no le guste).

6. ¿Qué haría usted si el dinero no fuera ningún problema?
7. ¿Tiene usted pasatiempos?
8. ¿Qué tan bonita es su ex-pareja?
9. ¿Tiene hermanos?
10. ¿Dónde creció cuando usted era niño?
11. ¿Cuál era la industria principal en ese lugar?
12. ¿Qué tan pobres eran sus padres cuando se casaron?
13. ¿Qué nivel de educación escolar tiene usted?
14. ¿Cuál era su materia favorita en la escuela?
15. ¿Tuvo novias en la escuela?
16. ¿Por qué no? (Si la respuesta es no.)
17. ¿Qué deporte jugaba usted en la escuela?
18. ¿Era bueno en él?
19. ¿Hizo muchos amigos en la escuela mientras usted crecía?
20. ¿Por qué terminaron?
21. ¿Cree usted en la Astrología? (Es aceptable si él no cree).

Por supuesto algunas de estas preguntas no parecen importantes, pero si usted piensa un poco, verá que han sido diseñadas para encontrar al verdadero hombre en él. Por eso es que hacemos preguntas de su niñez.

El hombre real estaba ya allí cuando él era niño. Él era el hombre verdadero cuando era un niño limpio. Ahora él es un adulto y ha viajado muchas millas en el camino de la vida, y el hombre verdadero en él está bajo muchas capas de polvo. Usted tendrá que identificar estas capas para descubrir la clase de plumero que necesitará para librarse de ellas.

Estas preguntas son solamente un ejemplo para que usted comience; una vez que usted tenga la idea y la práctica puede agregar su propio diseño de preguntas. No sea tímida ni tenga miedo de molestarlo y recuerde lo que su trabajo implica. Su nombre en la cita (en su pensamiento) debe ser "Sacudidor de Polvo."

Usted debe asegurarse de la calidad de la joya que hay debajo y comparar ese valor a sus expectativas para que su subsconciente decida si este candidato es digno de su tiempo.

¿Recuerda cuando usted era un niño y su madre lo limpiaba porque estaba sucio? Sí, no era ninguna diversión al principio, pero después usted se sentía mucho mejor. Igual aquí. Quizás él no quiera hablar de ciertas cosas porque le traen memorias dolorosas, pero éstas le dirán la clase de hombre con quien está tratando.

Tenga cuidado aquí. Usted no es -y no quiere comenzar a ser- un psicólogo, una Madre Teresa o el encargado de las Almas perdidas. Su segundo nombre es "Srita. Auto-derecho" y usted está en busca de su joya.

Tome lo que necesita tomar y deje el resto para los demas, la Naturaleza tiene todo lo que a usted le hace falta y mucho, mucho mas.

Le digo esto en verso para que no lo olvide. Repito. Usted está en busca de su "Alma Gemela", esa persona maravillosa que hará del resto de su vida un lecho de rosas, lleno de magia y de maravillas, y que le tratará mejor de lo que usted se trata a sí mismo; le hará sentir más completo y hará que su vida sea una maravilla de vivir.

Usted puede pensar que esto es un poco difícil porque no ha sido entrenado para hacerlo. La realidad es que esto es increiblemente simple. Todo lo que usted tiene que hacer es planear y ejecutar. Diseñar una meta, planearla, y trabajar en ella. Descubrir qué es importante para usted y después diseñar el plan paso a paso. Una acción trae una reacción y le da más respuestas. Mire y escuche cuidadosamente mientras su mente encuentra la forma.

Más preguntas para examinar al candidato:

1. ¿Qué espera de su mujer ideal para estar interesado en ella?
2. ¿Cree usted en el polvo de la mente?
3. ¿Cuál es su versión del matrimonio?
4. ¿Por qué piensa usted que fallamos algunas veces? (Para descubrir si él es filosófico).
5. ¿Cuál es su versión del amor?
6. ¿Por qué piensa usted que hay tantos divorcios?
7. ¿Cree usted en la felicidad completa con una Mujer (o hombre)?"
8. ¿Piensa usted que para que un matrimonio tenga exito, la gente tiene que trabajar en él?
9. ¿Por qué razón está usted soltero todavía?
10. ¿Usted cree que podría "romancear" conmigo para el resto de su vida?

Estas preguntas deberán ser hechas a lo largo de la correspondencia, una a la vez. Estas preguntas serán mezcladas, en la correspondencia primero y más adelante en la conversación, de una forma que no parezca que usted lo está interrogando. Para su objetivo, sus mejores aliados son la "paciencia" y la "perseverancia." Estos dos amigos se cerciorarán de que su plan se lleve a cabo y bien hecho.

En cada sitio de Internet relacionado con solteros, la gente que lo visita es gente similar a usted, que está buscando encontrar a su "Alma Gemela", o por lo menos alguien para relacionarse. Concedido, hay gente que va buscando una aventura. Están casados con una persona que no los hace felices y ellos se sienten confundidos, así que están buscando a alguna persona fantástica que mejore su vida y que los saque de su realidad. Esa fantasia no durará más que algunos meses a lo mucho pedir, porque no tiene raizes. Estas personas son fáciles de detectar, así que sólo hay que lanzarles algunas "bolas en curva" y los podra identificar inmediatamente.

¿Qué "bolas en curva"? Hágales las preguntas siguientes:

1. ¿Es usted casado? (Cuando la respuesta es "no", pregunte "¿Por qué? ¿Cuánto tiempo ha estado solo?") Después de que él le conteste evalúe si su historia tiene algún sentido. Por lo general, ellos tienden a decir que ella se volvió loca por él, que le fue infiel, etc. etc. Usted tiene que ser atrevida en la etapa correspondiente.

2. ¿Cuanto tiempo va usted a salir conmigo? (Si él no presta ninguna atención a esta pregunta, es que no está muy interesado en usted como mujer.

Viceversa para los hombres.)

3. ¿Cuál es su definición del amor? (Véase cómo él contesta. ¿Él está vivo? ¿O es un latido muerto?)

4. ¿Cuál es su profesión?

5. ¿Cuáles son sus sueños? ¿Qué haría usted si el dinero no fuera un objeto?

6. ¿Le gustan los niños en otros momentos cuando no están dormidos?

Después de que usted obtenga las respuestas a las preguntas, las analizará y hará una deducción de ellas. Escriba estas deducciones en su diario y siga adelante.

Paso 6: Educarse

¿Y cuál es el tema? ¡Encontrar a su "Alma Gemela" por supuesto! Usted debe leer este libro varias veces en caso de ser necesario; intente entender su significado. Crea que esta fórmula funciona pero mantenga una mente abierta. Tenga sospecha de cosas y teorías como ejercicio sano. Consiga libros de horóscopos de diversos autores e intente aprender tanto como usted pueda. Pregunte otras teorías y no se convenza hasta que comience a obtener resultados.

He leído muchas versiones de horóscopos, incluyendo el horóscopo chino. Muchas de ellas las considero desperdicios, pero una cosa importante que la mayoría de los buenos autores de horóscopos tienen en el campo común, es que describen las características de los signos. He encontrado que algunos autores son bastante buenos en la descripción de las características, pero que fallan en dar una fórmula como la que presento para usted en este libro. Así pues, en cierto modo, ellos están de acuerdo conmigo en que hay una energía científica trabajando que funciona según el día en que usted nació, pero no han calculado la fórmula.

El día que usted nació, junto con los acontecimientos de su ninez, combinados con la influencia de sus padres, hermanos, amigos y parientes, forjaron su carácter y sus necesidades emocionales, necesidades que son muy exclusivas de la forma de ser de usted.

Por eso es que usted necesita un compañero especial, que cubra esas necesidades particulares y que pueda complementar algunas de las necesidades que son tan especiales a usted; unas que no puede satisfacer por usted mismo, o que cree que son importantes.

Cuando usted lea a otros autores tenga presente las características de sus "seis signos preferidos" que usted encontrará en la fórmula de este libro. Los otros seis signos estan demasiado lejanos para la relación con usted, como para que usted ponga demasiado tiempo o esfuerzo en ellos. Por último, observe amigos y parientes y vea cómo se relacionan en lo referente a los signos con que nacieron. Encuentro esta forma de educación muy fascinante y entretenida. Puede impresionarle al ver cómo las fuerzas de la naturaleza funcionan an otra gente.

Paso 7: Comenzar una colección

De la fórmula usted podrá seleccionar los seis signos que le importan más. Su "Alma Gemela" estará en ese grupo, pero usted no puede saber quién es ella todavía. Su "polo opuesto" (o polos opuestos) también estará allí. Le doy información más adelante.

Cuando yo digo que usted es mejor en cada aspecto con su "Alma Gemela" que por usted mismo, creo firmemente en cada palabra de esta declaración. Con su "Alma Gemela" usted cambiara', y se convertirá mucho mas mejor, que después de algunos años usted no podrá reconocerse. Los talentos que usted no pensó tener emergerán de la profundidad de su mente y se ajustarán a su naturaleza como un guante en su mano.

Siguiendo mi fórmula de encontrar a su "Alma Gemela" usted analizará "con cabeza fría" a todos los candidatos dejando sus emociones en un segundo plano. Si usted encuentra a una persona que no es su "Alma Gemela", entonces nunca habrá "fuegos artificiales" entre ustedes dos. Sin embargo, si no hay fuegos artificiales al principio, no despida a este candidato hasta que usted lo haya pasado a través de la investigación de la fórmula.

Usted tiene que considerar que todos estamos llenos de fantasía y la imagen de su "Alma Gemela" puede haber sido desilusionada por las experiencias de su pasado. Por eso es que debemos movernos de una forma científica. No se preocupe, su "Alma Gemela" aparecerá (cuando usted lo identifique) y llenará cada una de sus expectativas.

Una cosa importante que debe tomar nota cuando identifique a su "Alma Gemela", es que esta persona es una que crece en usted. Cada vez que usted interactúe con ella lo va a sorprender un poquito más que en la cita anterior.

Si usted mira la naturaleza se dará cuenta que tanto las plantas feas como las hermosas nacen de una semilla y crecen con el paso del tiempo. Así es como la vida y el mundo dan vuelta constantemente cambiando y creciendo.

La parte en que todos fallamos es en el gusto de ver el mundo alrededor de nosotros y disfrutar verlo crecer día a día, y especialmente de la persona con quien elegimos pasar el resto de nuestras vidas.

Para que tengamos una vida maravillosa esta persona no puede ser cualquier cosa menos que nuestra "Alma Gemela". La persona con quien usted está relacionado actualmente no es su "Alma Gemela", a menos que ésta cambie a diario, y que esos cambios complementen los propios cambios de usted. Mientras que su relación crece emplee sus emociones, y poco a poco los fuegos artificiales comenzarán a ocurrir. Estos fuegos artificiales penetrarán la base de su ser y alcanzarán su Alma. Una vez que alcancen su Alma, ésta despertará y abrirá sus puertas. Cuando su Alma abra sus puertas, usted logrará tener una mejor comprensión de la misión que usted tiene en este mundo.

Otra forma de conseguir educarse en este tema es observando a otras parejas, como sus padres, amigos casados, tíos, tías y otros parientes. O aún observando las vidas de los políticos y sus esposas o esposos, actores de cine y sus esposos, etcétera. Este ejercicio no es difícil, y puesto que puede ser considerado como parte del "chisme", debe ser fácil y agradable para usted.

Mientras que usted entra en acción y comienza a recoger esta información descubrirá que mi fórmula tiene cada vez más sentido. Consecuentemente, usted creerá más firmemente y tendrá menos dificultad para recoger todos los datos que necesita, y podrá examinar a sus candidatos con mayor facilidad.

Primero averigüe bajo que signo está usted y después siga la fórmula de los seis signos que usted necesita escoger. Usted encontrará esto en el capítulo 9. Por ejemplo, si usted es tierra o agua entonces deberá colectar los tres signos de la tierra y los tres signos del agua, y no tenga expectativas de los otros seis signos. Si usted es aire o fuego entonces usted colectara los tres signos del aire y los tres signos del fuego sin tener ningunas expectativas de los otros seis signos.

Por supuesto, siempre hay un cierto margen para el error, pero estamos contando con la fórmula y no esperamos la perfección.

La perfección para alguna gente es una excusa para procrastinar y no tomar medidas. La perfección en mi universo implica la acción que no cede exactamente los resultados como los planeamos. Pero, como dice el refrán: "Si a la primera usted no tiene éxito, entonces vuélvalo a intentar".

"La carencia de la acción crea letargo, aburrimiento y apatía, sin mencionar una vida corta y aburrida".

Debemos continuar poniéndonos en acción para estar en armonía con el universo, es decir, ser de la forma que debemos ser para funcionar como seres humanos.

Mientras usted colecta los seis signos que le pertenecen debe comenzar por darle preferencia a los tres signos de su elemento como candidatos posibles a una relación duradera.

Conforme usted estudia la fórmula calculará quién es su primera opción, quién es su segunda opción, y así sucesivamente. Tenga cuidado con su "Polo Opuesto". Habrá una atracción natural sin ningún esfuerzo, pero su "Polo Opuesto" es como un campo de entrenamiento para usted, o sea que la naturaleza de este signo, pone en accion sus emociones sin tener que dedicarse a hacer un esfuerzo para hacer esto.

Este signo es bueno para usted, y le tendra bajo entrenamiento sus emociones, para intentar entender el amor y la felicidad mas rapidamente, pero este signo no es para casarse con él.

Usted debe recolectar otra información en este tema, aunque tenga este libro para guiarle, para descubrir cómo la otra gente piensa. Usted necesita evaluar cómo la otra gente predica y cómo ésta le pide a usted que crea en sus teorías. Vea cómo esta gente le pide a usted que actúe, o si simplemente se dejan llevar por el valor nominal, sin ninguna preocupación de que usted obtenga los resultados por sus acciones, o los resultados que tienen significado, y que traerán crecimiento verdadero a su vida.

Necesita ver por usted mismo cuánta mediocridad hay en el mercado y qué poco respeto hay por nuestro tiempo mientras que se embarcan en "Teorías de Ilusiones" sin ninguna preocupación de llegar a una meta predeterminada.

Después practique su habilidad de evaluación y podrá discernir los valores de basura en los libros de otros autores. Posteriormente, usted debe practicar el talento que todos nosotros tenemos para ver los valores que nos benefician. Este talento se desarrolla normal y feliz, mientras no nos olvidemos de tener presente nuestro auto-derecho, y esperemos conseguir siempre algo para nuestro beneficio en cada situación.

Paso 8: Cree Expectativas correctas.

Este paso es muy importante. Las expectativas en nuestra mente, van attadas a nuestras emociones, y si las emociones no son supervisadas por un plan mentalmente organizado, irán para arriba y para abajo como el yoyo de un niño. Así que... ¿Qué debemos esperar de nuestro ejercicio para encontrar a nuestra "Alma Gemela"? Queremos entrar en un estanque grande, o varios estanques grandes. Con esto quiero decir que debemos conseguir a tantos candidatos como sea posible, y actualmente el Internet tiene una gran fuente y abundancia de prospectos. En los sitios Web de solteros (aceptémoslo) hay muchos idiotas, sobretodo hombres, que están buscando solamente sexo sin querer compromiso alguno.

Es también donde muchas mujeres están preparadas para dar sexo a los hombres a cambio de satisfacción emocional. El sexo es una parte de la vida pero, como dije antes, las emociones sanas deben ir con él.

Usted debe esperar tener cierto diálogo normal por correspondencia con sólo el diez por ciento de la gente que usted eligió. Por favor, no sude por la gente que a usted no le gusta. Ella es parte de la vida también. Como Jesucristo dijo en la cruz: "Padre, perdónalos porque no saben lo que hacen". Este es un buen método para salir adelante cuando usted encuentra caracteres que están en conflicto con su personalidad.

Evalúe a sus candidatos sin compasión. ¡Haga valer su auto-derecho! Su autoderecho es;

"DAR A OTROS ESPERANDO RESULTADOS DE ELLOS".

Le digo esto en letras grandes para que no se le olvide. Este es un tema muy importante y que se malentiende totalmente. La mayoría de la gente parece confundir el egoísmo con la avaricia. El egoísmo, o "auto-derecho", protege a uno mismo y deja sus defensas abajo solamente cuando interactúa con gente de la misma clase, como cuando comparte con amigos y parientes. La avaricia, por otra parte, lo quiere todo para si mismo. Esta construye una pared alrededor de uno mismo, que crea una forma de prisión, y es por eso que a la gente no le gusta la avaricia. Pero el "auto-derecho" comparte, y al compartir con la gente usted consigue que la gente comparta con usted. Consecuentemente, a la larga, usted consigue más que siendo simplemente codicioso.

¿Cuanto tiempo usted va a durar buscando a esa persona especial? ¡Lo que dure! Aquí estamos hablando de "oro". Aquí estamos hablando de "vida maravillosa". Estamos hablando de la forma que nuestro Creador quiere que vivamos. El tiempo que se lleva no es tan importante. El tiempo no debe estar en esta ecuación porque se convertirá en un obstáculo a nuestras emociones.

Usted pondrá acción y más acción en buscar, evaluar y asistir a citas solamente cuando el candidato haya reunido todos los parámetros de nuestra fórmula y haya probado ser digno de su cita. En este tiempo, usted debe asumir que el candidato será uno del noventa por ciento que no califica, pero usted no sabe con seguridad; por lo tanto, usted debe dar a este candidato una oportunidad de demostrar sus cualidades.

Una vez que sus emociones hayan sido controladas por sus propias expectativas usted funcionará mejor. Usted funcionará correctamente y su cerebro estará libre para pensar y actuar según su mejor interés. Esto no significa que usted esté reprimiendo sus emociones y sobrecargando su sistema nervioso. No, esto significa que usted está dando prioridad a la calidad de su consumo de emociones; emociones que son reguladas por su cerebro, y como tal, un sistema emocional más limpio y sano ocurrirá en usted.

Cuando ocurra este nuevo sistema emocional usted podrá elegir al candidato adecuado más rápida, más fácil y más acertadamente.

La forma en que Dios hizo esta tierra y todo en ella es lo que considero "Magia". Esta "Magia" en los seres humanos es lo que algunas personas llaman un sexto sentido, un presentimiento de algo por venir o la intuición.

Todos tenemos este sexto sentido y tenemos que llamarlo para que nos ayude a encontrar a nuestra "Alma Gemela" cuanto antes, porque esta vida es muy corta. El sexto sentido es más rápidamente desarrollado cuando controlamos nuestras emociones y nos abstenemos de la actividad sexual innecesaria con la gente que no es nuestra "Alma Gemela".

Aunque nací y crecí en Europa, supe a los dieciséis años, que mi "Alma Gemela" estaba en alguna parte de Norteamérica.

En aquel entonces, no sabía yo sobre "Almas Gemelas" o las fuerzas del Universo, pero si sabia que tenía que venir a Norteamérica. Era como una fuerza que me jalaba para viajar a través del océano, y encontrar algo de lo que yo no tenía idea alguna.

Tuve que aprender un nuevo idioma, un nuevo sistema de reglas, una nueva cultura, y una nueva forma de vida que era totalmente extraña para mí.

Sí, hablo de poner sus emociones bajo control para lograr sus metas. ¡Si, yo lo logré, y usted también puede lograrlo!

¡Vale la pena!).

Mientras usted practica esta formula, comenzará a ver resultados positivos, pasará a través de candidatos, consumiendolos, asi como niños consumen caramelos.

Después de analizar a unos cuantos, usted leerá dos líneas en el correo electrónico del candidato, y podrá adivinar el resto. Usted podrá distinguir a los candidatos verdaderos de los falsos a la velocidad del relampago. Su mente crecerá más rápidamente con una forma de pensar organizada, y cuando esta forma de pensar le dé los resultados deseados, usted se entusiasmara' realmente, se emocionará, y su mente funcionara como realmente debe funcionar, conquistando todos sus suenos, y haciendolos realidad.

El desarrollo del sexto sentido sucede, cuando participamos y ganamos continuamente, cuando la expectativa está en un nivel que nosotros superamos, cuando conseguimos más de lo que soñábamos possible de poder alcanzar.

El sexto sentido aparece cuando el mecanismo en nuestra mente funciona como se supone que debe funcionar. El sexto sentido aparecerá, cuando los canales de la mente, se libren de las obstrucciones de todo el lavado de cerebro, que hemos acumulado durante los años.

Los candidatos de la investigación para

encontrar a su "Alma Gemela", serán un buen ejercicio para ayudarle a desarrollar su sexto sentido.

Paso #9: Organizar su colección

Una vez que tiene una lista de gente que esté correspondiendo con usted, necesitará clasificarla correctamente. ¿Cuántos necesita? Un mínimo de catorce personas. Por lo menos dos de cada uno de los seis signos preferidos, (dos por seis igual a doce), más dos personas de "Piedra de Toque" (igual a catorce). Esto le mantendrá ocupado.

Usted debe tener diversos niveles de expectativa de acuerdo al nivel de importancia. Por supuesto, el número seis es menos importante que la primera opción.

Comience a practicar y sea más audaz con el número seis. Usted notará que este signo lo está aburriendo, pero manténgase en comunicación por el bien de la práctica.

Conforme usted reúne a los candidatos de la línea frontal, comenzará a sentirse atraído hacia ellos. Aquí es cuando usted debe poner atención extrema en sus emociones, y utilizar su "Piedra de Toque" más a menudo, para mantenerle con la cabeza fría. (Más de eso adelante).

Usted deberá conocer sus debilidades

emocionales, mientras que se acerca más a los signos peligrosos que pueden atraerle. Usted puede reunir a varios candidates, y puede pensar que son perfectos para usted. El que usted está buscando es su "Alma Gemela", y ella está en la primera opción en la carta, por favor no olvide esto a lo largo del camino.

Con la verdad es la mejor forma de comunicarse. Usted puede elegir evitar contestar a una pregunta particular, pero nunca debe mentir. Si usted miente, la mentira le perseguirá y el otro partido perderá la fe en usted. Entonces usted tendrá que empezar otra vez desde el principio. Esto retrasará su proyecto y usted no quiere eso. ¡El tiempo es esencial!

Paso #10: Corresponder en la escritura

La correspondencia a través de la escritura es otro buen ejercicio. Al escrivir ponemos mas detalle y atencion en las pequeñas cosas que decimos, de otra forma, estos detalles pasarían inadvertidos en una conversación. También le da la opción de volver a leer las cosas que no estaban claras la primera vez.

Como he mencionado antes, hay mucho polvo en la vida de la gente como resultado de las millas que han viajado, relacionándose emocionalmente con la gente incorrecta sin proteger sus emociones apropiadamente.

Este polvo creará sospechas en la nueva relación, y las sospechas no pueden dar a la nueva relación una oportunidad justa. Por eso es que usted debe cortar a través de este laberinto, y eliminar ese polvo para dar al candidato una oportunidad justa.

Este polvo no es nada más que el miedo de ser lastimado en sus emociones otra vez, así que el candidato tendrá una tendencia a no decir la verdad entera, cuando él se refiera a la forma en que él se siente hacia usted. El candidato también tendrá una tendencia a poner un frente para protejerse y disfrazar sus verdaderas intenciones.

Esta es la razón por la cual la correspondencia por medio de la escritura le dara mejores resultados y es de gran alcance.

Tambien, al escrivir y descifrar sus sentimientos, esto fuerza al candidato a evaluar sus pensamientos antes de escribirlos. Por otra parte, el candidato dirá cosas que no quiso decir en una conversación y ello le confundirá a usted, pensando que él es alguien diferente a quien es en realidad.

Escribir en vez de hablar, hace al escritor pensar antes de poner sus pensamientos en papel. A través de la correspondencia, usted consigue evaluar su nivel de intelecto, habilidad, sensibilidad, armonía, melodía, y así sucesivamente. El polvo del candidato puede ser limpiado más rápidamente a través de la correspondencia por escrito, porque usted no tendrá miedo de él. Él no estará en el mismo cuarto que usted, así que usted no puede ser influenciado, ni por su voz ni por su presencia. Usted puede elegir leer sus respuestas o no.

¡Usted debe ser audaz!

Ser audaz con sus candidatos es como darle la penicilina al paciente. Él todavía tiene su ex-amante en su mente y la memoria de esa persona ocupa un espacio en su departamento emocional. Ese espacio le pertenece a usted y querrá limpiarlo enseguida, si no, usted no puede construir una relación.

Su candidato es como un pedazo de terreno en una muy buena ubicación, y usted es el constructor. Usted ve la belleza y el potencial de la propiedad y planea construir una casa en ella, pero hay un problema. Hay un viejo remolque que ocupa el espacio donde usted quiere construir su casa. El remolque son las memorias de la ex-pareja de su candidato. Como constructor, su primer acto de accion, será demoliendo ese remolque o quitándolo del lugar. (Lo que sea más rápido y cueste menos trabajo).

Aquí están algunas sugerencias audaces, para decirle a su candidato, y asi sacudirle ese polvo:

1. ¿Cómo podré estar segura de que usted no pensará en su ex-pareja cuando me esté haciendo el amor?

2. ¿Va usted a tener miedo de confiarme sus sentimientos por el temor a ser lastimado otra vez?

3. ¿Es usted un hombre que se arriesga sin importar las consecuencias?

4. ¿Cuánto tiempo va usted a cortejarme?

5. ¿Usted cree en las "Almas Gemelas"?

Una vez que usted ha seleccionado a diez candidatos es hora de hacer una cita con cada uno de ellos. Nada de sexo. Tómeselo con cAlma. Para la primera cita en lugar público, la conversación comenzará alrededor de los parámetros de la correspondencia anterior. Ahora es tiempo de construir la conversación alrededor de los temas importantes que ustedes han discutido en sus escrituras. Si usted no tiene los detalles de su fecha de nacimiento, ahora es el tiempo de descubrir cuándo es esta, y de tomar nota.

Simplemente pregúntele qué día del mes es su cumpleaños.

Discutan sus profesiones y su pasión por el trabajo. Recuerde ser agradable, y también que esta es una cita exploratoria. No demuestre pasión. Sea cortés, pero sobre todo... ¡Sea usted mismo! Ejerza su "Auto-derecho", protéjase y dé información.

Sonría y goce teniendo una buena conversación, pero espere conseguir de él en relación directa a lo que usted le da.

Esta primera cita debe durar un máximo de dos horas. No haga promesas ni se comprometa. Es aceptable intercambiar números de teléfono, si usted piensa que hay una posibilidad allí, pídale que él la llame en un par de días.

Después vaya a su casa, evalúe su cita y escriba su evaluación.

Vaya a la próxima cita. Repita.

De diez candidatos usted tiene que desechar a siete y dejar solamente a tres. Cerciórese de no desechar a su "Alma Gemela" . Recuerde que ésta puede venir con un poco de polvo alrededor de los bordes, y en algunos casos, cubierto en polvo totalmente. Este polvo puede hacerlo parecer más sucio, de lo que en realidad está.

Manténgase intercambiando correspondencia a través de la escritura y recuerde ser audaz, pero por favor no se apresure, porque encontrar los tesoros le requiere prestar atención al detalle.

Capítulo Cinco

La Búsqueda Para Entender Las Relaciones

El príncipe no podría encontrar a Cenicienta,
él estaba en el final de su ingenio;
por todo lo que él había intentado,
no podia encontrar su premio.

Cuando el príncipe recordaba
a la hemosa Cenicienta,
él no podría darse por vencido;
trabajaría y trabajaria hasta bien cansado,
porque sin ella, se sentia él perdido.

La Búsqueda Para Entender
Las Relaciones

LA BÚSQUEDA PARA ENCONTRAR EL AMOR y para entenderlo me desconcertó toda mi vida. Mi existencia transcurrió como la de la mayoría de la gente. Me casé con la mujer que pensé sería la mejor para mí e intenté hacer durar la relación por el resto de mis días. Pero como usted leyó anteriormente, las fuerzas de la naturaleza me llevaron al divorcio.

Este "nuevo yo" se describe con este poema:

Nuevo Amanecer

Desperté esta mañana
Después de muchas noches
De sueño undido,
Mirando al mundo,
Tratando de encontrar
Fuerzas, y memorias en mi olvido.

Tenía prisa..., estaba con ansia,

La Búsqueda Para Entender
Las Relaciones

Con nuevo sentido...
Intentando alcanzar,
Lo que se me habia perdido.

El Internet puede ser el más rápido,
Más grande... con gran necesidad....
Éste es el lugar, (pense yo),
Que encontrare' mi felicidad.

Volé sobre los bosques de las ondas,
Hacia el Sur yo viajada,
Oliendo las rosas.... Y,
Disfrutando de mi Jornada.

Aterrize' en esta charca cubierta con hielo,
Las Hojas decaidas estaban,
Tambien las Ramas, mas...
Vi que algunas con ardor
Se enganchavan.

El humor estaba triste,
La esperanza oscurecida,
Los sueños vestian de luto,
El amor... Ay....
El amor se consideraba...
Ser un Maldito.

La Búsqueda Para Entender
Las Relaciones

Mi Alma vio' este lugar con necesidad,
Le inyecte' mi calor y melodia,
No me importaba,
Lo que la gente diria...
Con passion luchaba yo
Contra la falsedad.

Con mi impacto los árboles
Rejuvenecieron,
Las ramas tomaron raíces,
Es bueno ser necesitado....
Hermoso es que tus
Talentos no desperdicies.

Mi entusiasmo alivio' el lugar,
Desperto' los pájaros,
La vida se puso en movimiento....
Me satisfacio' dar al mundo
Mi nueva cara,
Orgulloso estuve yo
En ese momento.

Brillaré mañana
Y muchos días más

La Búsqueda Para Entender
Las Relaciones

Sin dolor....

Daré mi calor y dirigire'....
Dare' de mi y volvere a vivir,
Porque, retener es fallecer,
Porque dormir es morir.

No esperen de mi por favor,
Vuelban a empezar
Y no guarden rencor,
Levantarse y volver a brillar,
Brotar rosas hermosas
Que otros puedan encontrar.

Una vez más, dar de su fragancia
A la tierra y al cielo
Y como una planta de aire que usted
es....
Sea mantenido por la luz,
Y por su anelo.

La existencia de la "Alma Gemela" es, a duras penas, reconocida por la minoria de la gente. La existencia del "Polo Opuesto" tampoco es conocida por muchos. Es por esta razón que el índice de divorcio es tan alto; divorciarse no es una enfermedad o una epidemia, ni es una deshonra o un error que merece crucificar a los individuales, no, el divorcio es una cosa sana comparado con la alternativa de seguir viviendo con una persona cuando el amor ya no existe.

El divorcio es el resultado de la gente que tiene un conocimiento pobre de la unión, y que busca únicamente cumplir con las fuerzas de la naturaleza. Las uniones buscan el divorcio, cuando las necesidades emocionales, y el sexo no tienen satisfaccion, las diferencias de la naturaleza de los individuos se hacen mas grandes a medida que pasa el tiempo.

Y a pesar de que las reglas sociales, costumbres o creencias religiosas se oponen al divorcio, la naturaleza de los participantes es mucho mas ponderosa y pide la separacion y el dicorcio.

El divorcio es el resultado de una planeación pobre; por no haber estudiado sobre este tema de cómo encontrar a su "Alma Gemela"; por buscar lo que a usted le gustaba en esa etapa de su vida, en vez de haber buscado lo que usted necesitaba, lo que le haría crecer, o lo que perduraría a traves de los años por venir.

Por no ejercer suficientemente su "Auto-derecho".

La Búsqueda Para Entender
Las Relaciones

Por darle importancia a lo que otra gente pensara de usted, en lugar de pensar acerca de lo que pensaba de usted mismo. Por no reconocer las fuerzas de nuestras naturalezas. Es el resultado de dos fuerzas que van cara a cara. Una fuerza es dirigida por nuestra naturaleza; esta es la necesidad de satisfacer nuestras emociones, nuestra hambre de amor, nuestro "Auto-derecho" y nuestro miedo a la soledad. La otra fuerza se compone de las costumbres, las creencias, las opiniones de la gente y el factor "usted debe... por el bien de otros y no el suyo", y por la creencia de que usted debe sacrificar su vida por haber tomado la decisión equivocada al casarse con la persona que no le complementaría por toda su vida.

Obviamente, cuando está descrito y explicado correctamente, podemos llegar a la conclusión de que el divorcio no es un error, sino un acontecimiento en la vida de una persona; un acontecimiento que no rindió el mejor de los frutos, pero que sin embargo era parte de nuestras vidas; un acontecimiento causado por la carencia de educación en este tema.

La educación sobre este tema se ha estado posponiendo durante mucho tiempo, debido al

La Búsqueda Para Entender
Las Relaciones

hecho de que el divorcio está considerado ser malo; y por no apelar a la discusión por las emociones, que han sido heridas y guardadas en los lugares más recónditos de nuestras mentes.

Cuanto más completos estamos, es cuanto más creamos en abundancia alrededor de nosotros, llegaremos a ser más ricos; atraerémos más felicidad a nuestras vidas; induciremos más armonía en este mundo y conseguiremos estar más cerca de nuestro Creador.

¿Por qué fallamos?

Con todo el conocimiento que hemos acumulado en el transcurso de nuestra vida y el conocimiento que nos legaron nuestros antepasados, es casi imposible fallar en nuestras metas deseadas. En cambio, hay mucha gente insatisfecha, cuyas vidas son nada más que una existencia, en vez de una vida emocionante.

¿Por qué?

Porque siguieron el camino de menor resistencia. Pensaron... "Haré lo que hacen otros, así no me equivocaré siguiendo a las muchedumbres".

La mentalidad de tribu infectó a esta gente.

Contrario a la creencia popular, no hemos sido

La Búsqueda Para Entender
Las Relaciones

creados para ser iguales; por lo tanto, lo que se aplica a algunos no puede aplicarse a otros. Estos seguidores de muchedumbres son gente confundida.

Todos tenemos una misión en esta vida, y depende de cada uno descubrir cual es ese talento especial en cada uno de nosotros, y después, dedicar la mayor parte de nuestro tiempo para lograr esta meta.

Mientras buscamos y encontramos nuestro camino, comenzaremos a hallar la forma de nuestro destino.

Podemos experimentar muchas vueltas y altibajos, pero debemos tener un sentido de satisfacción, que nos alimente en las épocas en que nuestra creencia moral esté baja, y cuando necesitemos una mano amiga o una palabra agradable de confianza.

Esta ayuda viene de su "Alma Gemela" sin ningún esfuerzo. Es la combinación de las dos mitades que se complementan perfectamente lo que hará esto posible.

Para los seguidores ciegos esto no sucederá; estos dejan que otros se arriesguen y abran el camino, y cuando todo está despejado, ellos siguen como mienbros de la manada.

Conforme avanza esta gente, su "yo interno" se

siente engañado y la claridad se empaña; pierden cada vez algo de su autoestima y no obtienen los resultados que mejorarán sus propias vidas.

Por supuesto, usted puede seguir a alguien que tenga un buen mapa del camino, pero los resultados no le favorecerán.

Usted estará triste y listo para renunciar, pero ellos le dirán: "Aguanta un poco más y las cosas sucederán para tí. ¡Ten fe!"

¿Tener fe? ¡Tener fe! Este es el peor de todos los males. Lo que realmente le quieren decir es que se comprometa. ¿Por qué debe usted comprometerse? Cuando usted hace algo que no le beneficia, usted no está creciendo a la velocidad que se supone que usted debe ir. Cuando esto sucede, usted se inquieta y se impacienta, y construye el panorama perfecto para incurrir en equivocaciones.

Si usted no está creciendo a la velocidad apropiada, entonces usted no estará en armonía con usted mismo.

Capítulo Seis

El Ingrediente

El príncipe pensó y pensó,
Que intentar, y qué hacer,
Con todas sus ideas,
Nada daba resultado,
algo mas debia de haber.

Penso él entonces,
En el zapato de Cenicienta.
El príncipe se dijo,
"Este zapato será mi formula,
A las candidatas podre asi arnear,
Estoy muy seguro ahora,
Si la podre encontrar".

EN EL SEXTO DÍA DE LA CREACIÓN Dios estaba totalmente involucrado creando al hombre y a la mujer. Esta era su mejor creación hasta ahora, y... puesto que él había practicado ya al crear el universo, los planetas, la tierra y las estrellas, los animales y los océanos con las diferentes especies, él estaba inspirado.

Dios estaba listo ahora para superarse incluso a sí mismo en este proyecto. Dios había creado el cuerpo del hombre y ahora trabajaba ya en el cuerpo de la mujer.

Él ponía en ella los medios para la reproducción, tal como la matriz, el útero y similares. Estas partes físicas no fueron difíciles de hacer, pero él quería más que eso.

Dios quiso crear un ingrediente que activara el desarrollo de esta raza, que él creaba para distinguirla del resto de sus creaciones.

Dios quería que este hombre y esta mujer fueran especiales... tan especiales que pudieran, después de años de desarrollo, reunirse con él en el cielo.

Dios quería que estos dos heredaran la tierra y, eventualmente, el universo, mientras que sus cuerpos todavía estuvieran vivos, y que cuando se muriesen, trajeran al ciclo la esencia de sus actos,

la generosidad de sus hechos para enorgullecerlo.
Los hechos o forma de vivir, tendrían que
influenciar las emociones del hombre y de la mujer
y las emociones cambiarían sus Almas.

El Alma, siendo mitad-partícula de Dios,
volvería al cielo trayendo con ella como botin, la
generosidad de los logros en sus vidas, o la carencia
de ellos.

Pero Dios quería que el hombre y la mujer
lograran esto por sí mismos. Esta realización
requeriría la influencia del trabajo, pero de trabajo
que trajera buenos frutos y resultados.

Estos resultados reconpensarian una labor bien
hecha.

Dios pensó y pensó por algunos minutos y
entonces se le vino a la mente la respuesta:

"Tengo que poner un ingrediente que esté
latente en cada cuerpo hasta que estos dos se
reúnan y se integren el uno con el otro; después,
este ingrediente prosperará y despertará sus
Almas, sus Almas se comunicarán con la mente
abriendo nuevas puertas en el cerebro para
desarrollar nuevas ideas y mejores formas de vivir."

Sí, pensó Dios: "Esta es una buena idea, pero
necesito asegurarme de que estos dos cuerpos no
lleguen a ser demasiado materialistas y se olviden
de quién los creó.

También este ingrediente se deberá utilizar

para alimentar al recién nacido, para fortalecerlo y ayudarlo a crecer sano."

Dios pensó y pensó por algunos minutos más. "¿Qué haré si estos cuerpos se vuelven contra mí y desafian el propósito principal de mi diseño? ¿Debo entonces enviar rayos desde el cielo y eliminarlos?

No, yo soy Dios todopoderoso y eso sería demasiado mundano para mi, además el "miedo" no es un ingrediente que haga que esta especie se sienta orgullosa de mí. El miedo es una alarma para alertarlos a buscar protección contra los peligros, pero no es el camino para llevar a esta especie a entender mi proposito y hacerme orgulloso de ellos. Mejor aún, crearé este ingrediente que hará de la humanidad mi obra maestra de toda la creación. Pero si la humanidad pierde este ingrediente sus Almas volverán a estar inactivas y la comunicación con la mente no existirá más. La mente no se comunicará con el cerebro, así que el cerebro tendrá solamente los instintos de la supervivencia, y la humanidad no será más la especie que tendrá dominio sobre la tierra. Se destruirán a sí mismos consiguiendo así lo que se merecen y no habrá necesidad de que yo me ensucie mis manos."

Dios procedió a crear el ingrediente en forma de

un capullo para envolver el "Alma". La estructura de este capullo fue compuesta de un material tan especial, que no se podía apreciar a simple vista.

"En los años futuros, cuando los doctores abran el cuerpo para las operaciones, no podrán ver este capullo", él pensó mientras lo hacía. "El material tendrá que transformar su estructura molecular conforme sea influenciado por el esfuerzo del hombre y tendrá la capacidad de expandirse para que el Alma crezca, pero al mismo tiempo será duro como el acero sin capacidad de extensión, a menos que la influencia del hombre se aplique a ella."

Él nombró a este ingredient "*Amor*".

Él le dio órdenes al Alma diciendo:
"Eres una partícula de mí, una mitad-partícula. Crecerás conforme el amor que te rodea se extienda más y más. Mientras creces te comunicarás con las mentes de la especie humana. La mente dirigirá buenos pensamientos a su cerebro y los pensamientos podrán crecer y alentar a mis grandes expectativas. Pero si su amor no se extiende estarás latente e inactiva. Como partícula de mí, te estoy haciendo prisionera de Amor."

Dios después dirigió su atención hacia "*Amor*" y

dijo: "Amor, estás envolviendo la mitad de una partícula de mí en este cuerpo y tu responsabilidad es grande. Te confío para que seas el guardian de ella. Te influenciarán solamente con su trabajo, pero el trabajo que sea constructivo. Una vez que esta clase especial de trabajo te toque, te expandiras y permitirás que el Alma crezca y se comunique. Si su trabajo no te influencia, entonces seguirás siendo duro y pequeño, bloqueando la comunicación entre su Alma y su mente, tu mission es guardar y proteger el Alma de este ser"

Dios quedó satisfecho con lo que había diseñado hasta este punto, pero había un molesto pensamiento en la parte posterior de su mente sobre el amor. Dios sabía con seguridad que este mecanismo era perfecto, pero el pensamiento que le molestaba era sobre la cantidad de amor o la flexibilidad de amor a colocar en el hombre y en la mujer.

Dios pensó otra vez volviendo en sus pensamientos al propósito de la creación del hombre y también al propósito de la creación de la mujer: "Principalmente, el hombre es el cazador y la mujer debe mantener la unidad de familia, así que obviamente el amor en el hombre tiene que ser más resistente que el amor en la mujer."

Después de muchos cálculos y consecuencias

posibles, Dios llegó a la conclusión de que el amor que rodeaba el Alma del hombre tenía que ser más sólido, pues el hombre era también más fuerte y podría compensarle con su habilidad para el trabajo duro. El amor de la mujer necesitaría ser más flexible para expanderse en diversas direcciones; A su hombre, niños, familia y para demostrar ternura hacia los más débiles y necesitados. Más importante aún era la sensibilidad de la mujer para moldear a su hombre en una melodía hermosa y armoniosa, que lo hiciese engrandecerse mas rapidamente.

Después de esta discusión consigo mismo, el molesto pensamiento que Dios tenía anteriormente no estaba más allí, porque él sabía que su creación más grande había sido terminada.

"Amor, el guardian de la Alma, gobernará el mundo del hombre," él pensó. Él tenía un sentido de satisfacción al saber que este proyecto tendría éxito.

Dios procedió a hacer a Amor y a Alma invisibles a los ojos del hombre y de la mujer y después programó sus mentes diciendo: "Hombre y mujer, ustedes reconocerán al Alma y al Amor por sus efectos sobre ustedes. Tendrán una mejor vida cuando sigan su llamado, pero cuando me desafien a mi y me desprecien, sus vidas se llenarán de miseria y privaciones. Ustedes fueron creados para darme a mi placer y para su propia satisfacion, y aunque les haya dado un libre Albedrío, también he escrito el mapa del camino a seguir. Miren a la Naturaleza como su guía, porque ella es mi Biblia, y sepan que no hay dificultad a menos que ustedes elijan no poner trabajo para conquistarla.

Serán tentados por muchas formas de pensar, sepan que eso es parte de mi diseño. Tambien seran expuestos a los peligros físicos y a los peligros de la mente.

Este es también mi diseño.

Los he creado, con un libre Albedrio, con la opción para que ustedes decidan ser buenos o malos. Pero ustedes sabrán que el camino más fácil es hacer el bien y permitir que otros ejerciten su opción también.

Y cuando ustedes se encuentren con el Mal, sepan que éste no es nada más que un cuerpo que está sufriendo la carencia de alimento, al punto extremo de desmayarse y perder sus sentidos. Aliméntense ustedes mismos y no se retrasen, porque la forma armoniosa de vivir la vida es con equilibrio para satisfacer sus necesidades.

Ahora... ¡Conquistenme este mundo en todos sus aspectos y háganme sentir orgulloso de haberlos creado!"

Y con este último aviso Dios despidio al hombre y a la mujer... y entonces él se fue a descansar.

Capítulo Siete

El Significado del Amor

El príncipe sabía que el amor existia,
Lo había sentido desde aquella noche,
Estaba lleno el de esta nueva pasión;
No podia tener el paz
Ni tranqilidad en su Corazon.

Tenia él que encontrarla,
Hutilizaría todo su poder;
Pidió que todas, ricas y pobres,
Se probaran el zapato,
No dejó nada al Hacer!

HAY MUCHAS FORMAS de amor, pero el amor que es el tema de este libro, es aquél entre un hombre y una mujer y las interacciones emocionales relacionadas con ellos. El amor es la expresión de nuestras necesidades emocionales con el fin de su realización. Una vez más, Dios puso esta emoción en la mente humana, con el fin de buscar la unidad y el instinto de conservación. Tenemos la necesidad de afecto porque nuestra Alma es la mitad de una unidad perfecta y busca el compañerismo y el afecto- unidad total y compromiso de la otra mitad.

La necesidad de comprender y ser comprendidos es lo que nos hace intentar unirnos con nuestra otra mitad. Subconscientemente buscamos la fusión con ella.

La necesidad está allí de seguro pero la educacion y el entendimiento que necesitamos para encontrar a nuestra verdadera mitad no es muy abundante.

Existen también fuerzas de la naturaleza, como las necesidades físicas de las mujeres para tener hijos y las necesidades del hombre para tener el sexo, que nos empujan en una relación simplemente porque el tiempo pasa y llega la hora en que esas necesidades piden ser alimentadas, piden satisfaccion.

Conseguimos involucrarnos en una relación sabiendo en nuestra Alma que no estamos preparados para ella.

Nuestra Alma no nos habla lo suficientemente fuerte, porque nuestro amor es duro y no permite que la comunicación de nuestra Alma llegue, así que seguimos la necesidad física. Nuestra biología nos empuja más fuertemente, que el razonamiento de esperar, así que nos casamos con una pareja agradable, pero que no es enteramente la que necesitamos para crecer nuestra Alma a la velocidad deseada.

Nuestro sentido y comprensión del amor se ha oscurecido un poco mas aun cuando ocurre ésto y comenzamos a perder cualquier possible conexión con nuestra Alma.

Cuando perdemos la esperanza en esta hermosa emoción, el amor no crece ni nos llena con sus maravillas.

Es como la construcción de una casa en suelo blando. Algunos matrimonios están construidos en arena movediza y las parejas se preguntan que ha sucedido cuando sus vidas alcanzan niveles críticos de desintegración.

Hay realmente muchas versiones del amor.

El Significado del Amor

Kahlil Gibran dijo esto en su libro "El Profeta":

Cuando el amor lo llame a usted,
Sigalo, aunque sus días son duros y escarpados.
Y cuando sus alas lo envuelvan,
Dejese llevar por él,
Aunque la espada ocultada entre sus piñones,
puede Herirle.

Y cuando él le habla,
Creer en él.
Aunque su voz puede derrotar sus sueños,
Asi como el viento frio del Norte,
Quema las fragiles flores del jardín.

En otras palabras, él dice que usted debe seguir ciegamente esta emoción del amor porque su emoción es más inteligente que su razonamiento.

Convengo con la pasión que Kahlil describe aquí. Realmente creo que el amor verdadero traerá esta clase de pasión para dar frutos, pero existe también la posibilidad de que la pasión pueda ocurrir dentro de la relación aún cuando la gente no es compatible.

En este caso, la pasión terminará siendo destructiva y le destrozara el jardín de sus finanzas, sus emociones y posiblemente su mente por los próximos años.

hora comparto la misma opinión de mi esposa. ¿Recuerdan lo que ella dijo cuando yo la cortejaba?

¡Lo quiero todo! Quiero la emoción del amor, pero también quiero el razonamiento que va con el análisis de la emoción. Una vez que los dos se ponen de acuerdo, (la emoción con el razonamiento), entonces sabremos que los cimientos de nuestra relación son fuertes e inquebrantables. Sabremos que hemos encontrado a nuestra perfecta mitad. Asi sabremos que hemos encontrado a nuestra verdadera "Alma Gemela".

Para analizar la emoción del amor uno tiene que considerar las preguntas siguientes:

¿Puedo vivir con esta persona por los próximos años, incluso cuando envejezcamos y nos pongamos arrugados?

Si la emoción del amor no estuviera presente, ¿podría mi vida con esta persona tener propósito y significado? ¿Podría vivir solamente con su amor, sin la interacción intelectual?

¿Su pasión por diversos pasatiempos entrará en conflicto con mis propias pasiones?

El amor verdadero debe tener consecuencias. Esto significa que no importa qué suceda en nuestras vidas. El amor tiene que soportarlo todo.

Si no, entonces no es amor sino lujuria.

Si no, entonces no es amor sino imaginación.

Si no, entonces no es amor sino un espejismo.

Usualmente la consecuencia es el matrimonio. Este compromiso pondrá todas las cartas sobre la mesa.

La gente de antes tenía toda la razón; la mujer diría al hombre: "¿Quiere dormir conmigo? Entonces... ¡casémonos!"

Recuerde que en el dia la Creación, que Dios hizo del amor. El de la mujer era de diferente material, más flexible y capaz de abarcar diversas áreas, como sus hijos y su hogar.

Esta es la razón por la cual la mujer requiere la seguridad de que el hombre estará allí cuando sea necesitado.

Es por eso que también ella es el "pegamento" de la familia, la creadora del abrigo y guardián de la armonía de las "Almas Gemelas".

De acuerdo, el hombre puede construir refugio y también ir de cacería todos los días para traer a su hogar la presa; él puede también proteger a la familia de los lobos del mundo salvaje;

Pero hombre, por favor no se engañe pensando

que usted es el número uno.

Sin una mujer, el hombre es un barco sin timón. Sin una mujer, usted hombre, es un barco sin vela remando en un charco de lodo sin dirección alguna.

¿Recuerda cuando Dios estaba creando el amor? Dije que Dios hizo el amor del hombre más resistente que el amor de la mujer. Ahora voy a decirle porqué. Ahora voy a decirle el motivo real.

El motivo por el cual Dios hizo el amor del hombre más sólido que el de la mujer, es porque él hombre tendría que conseguir el Amor de ella para envolver su propio Amor, y que éste se ablandara y permitiera la comunicación que su Alma transmitiría a su mente.

¡Sí, Dios era un verdadero deportista!

Lo que él hizo realmente fue lanzarle al hombre una "Pelota con curva" el día de su creación.

En realidad, si usted se detiene a pensar en ello concluirá que Dios no tenía ninguna otra opción. Él había creado al hombre tan fuerte, tan autosuficiente y tan astute, para que pudiera encontrar una solución a cualquier problema; y tan atrevido y con iniciativa para poder enfrentarse con las lluvias, a los terremotos y a las criaturas salvajes mucho más grandes que él, etc. Dios había hecho al hombre tan perfecto que no tuvo otra opción más que hacer de la mujer su "Talón de Aquiles", su contraparte, la fuente que hiciera a su Alma crecer.

Sí, el conocimiento de las emociones ablandará el capullo de la mujer alrededor de su Alma. Este capullo que conocemos es su Amor, que está hecho de un material más flexible que el del hombre.

Así pues, cuando el hombre permita que el amor de la mujer lo cubra, entonces crecerá mucho más rápido y a mayores alturas.

¡Esta es la razón por la cual el Amor de las mujeres gobierna el mundo!

No es el sexo en si mismo... pero si la harmonia que ella le da a el, y la comprenetacion que existe entre los dos.

Capítulo Ocho

Las Fuerzas de La Naturaleza

Los soldados del príncipe,
A la casa de la madrasta llegaron,
El zapato con los pies las hijas comprovaron,

Ninguna tenia el pie de su medida,
Pidieron entonces que se produjera a su criada,
La madrasta dijo "Esa no sirve para nada!"

La criada era Cenicienta,
Ella el zapato se provo',
Y... en un segundo.
Su destino cambio'.

El principe, a pesar del vestido de ella,
Con su ropa polvorienta,
Con la ayuda del zapato,
Supo en seguida que ella era Cenicienta.

CADA VEZ QUE LA GENTE utiliza la expresión "La "naturaleza llama", la asocia con la necesidad de usar el cuarto de baño y se hace cargo de la "urgencia" inmediatamente. En nuestros días modernos, nuestras naturalezas han estado llamando, chillando y gritando para encontrar a nuestra "Alma Gemela", pero aún así nadie parece prestar atención.

Mucha gente asume que no existe esta persona mágica o asocian a esta persona con la atracción sexual. Dedican muy poco tiempo a encontrar a su pareja y han depositado menos paciencia en el tema; por lo tanto, no es de sorprenderse que los resultados sean tan pobres.

Pero la naturaleza llama y las emociones de nuestro hombre o mujer modernos estan hambrientas y necesitan satisfacerse a los niveles que son requeridos.

Después de muchos encuentros emocionales, sin la adecuada satisfaccion, el hombre o la mujer modernos terminan por juntarse con alguien que no los abuse demasiado y en un sentido de convenienza. Esto hace que la mayoria de gente no alcance niveles de grandeza en su vida o en su departamento emocional.

La razón por la que se dan por vencidos, es porque están cansados de buscar y se convencen de que esa persona especial no existe. Tienen una fuerza o una creencia dentro de su Alma que los incita a buscar en el primer lugar, pero conforme la búsqueda transcurre sin resultados satisfactorios, entonces la mayoría de la gente se rinde en su búsqueda y se conforman con lo que ellos creen que es lo mejor que pueden conseguir.

Para las parejas que no son compatibles y no son "Almas Gemelas", la mediocridad pavimentará el camino de su unión y traerá la apatía y el letargo al departamento emocional.

La poesía y la armonía parecerán extrañas al romance de las parejas y solamente el sexo los mantendrá juntos mientras son jovenes.

Cuando la pareja se casa experimenta el placer del sexo y confunde esto con la satisfaccion de sus verdaderas emociones.

Los cuerpos son jóvenes y el conocimiento de lo que es necesario para las relaciones duraderas es casi inexistente. El pensamiento frecuente es... "Ya habrá tiempo de aprender más en el futuro."

La parte que todos olvidan es que, este acto tiene muchas repercusiones.

Comparo las relaciones duraderas al hecho de construir una casa. Primero usted diseña la vivienda. Este diseño se llama "planos", y esboza la altura del edificio, la anchura, la profundidad, las paredes y divisiones internas, el tamaño de los cuartos, el color de las paredes, el acabado de los pisos, el tamaño de las ventanas y sus localizaciones, etcétera. Esta atención al detalle, a la exactitud, al esmero, a las mejoras a través de los años y al trabajo duro se realiza para un edificio que solamente le dará abrigo, comodidad y seguridad. Pero para la opción de un marido o de una esposa a ser..., para esa persona que vaya a afectarnos por el resto de nuestras vidas..., contemplamos apenas el pasar de algunos minutos para tomar una decisión que cambiara nuestras vidas para siempre.

En siglos pasados las familias ricas casaban a sus hijos por conveniencia. Ellos tenían algo en común, dinero. Tenían muy poca comprensión de las necesidades de sus cuerpos y menos entendimiento de las necesidades de sus mentes, así que daban por garantizado y asumían que esa era la mejor forma de casar a sus hijos para toda la vida.

Mientras nosotros como sociedad dejamos nuestras inhibiciones desaparecer o somos más liberales con nuestras sensaciones y emociones, permitimos que las fuerzas de nuestra naturaleza tomen el origen y exijan cada vez más. Sí, nosotros como sociedad no hemos dado a este tema bastante importancia, y lo que es peor aún, es que nosotros pensamos conscientemente que podemos manejar la carencia de la realización emocional y tolerar a la pareja equivocada porque nos creemos ser muy inteligentes y muy poderosos.

Hemos pues progresado respecto de la forma de pensar que nuestros antepasados tenían y hemos llegado a ser más liberales en la elección de nuestra pareja; nuestras inhibiciones han estado disminuyendo, desapareciendo, y nuestras restricciones morales desaparecen poco a poco mientras los horizontes de opciones crecen cada vez más y mas'.

Por ejemplo, ya no es imposible que un granjero se case con la hija del doctor del pueblo. Pero conforme estas restricciones han estado disminuyendo nuestras necesidades naturales han estado aumentando.

Ya no es suficiente hoy en dia estar satisfecho, ahora nosotros requerimos el maximo del entusiasmo, de la felicidad y del éxtasis.

Esta es la razón por la cual nuestra mente subconsciente quiere, necesita y exige cada vez más, y la carencia de ello simplemente desarrolla más hambre. Esta hambre necesita ser reprimida o ser satisfecha- lo uno o lo otro. No se puede desatender.

Reprimirse significa que la persona en cuestión cerrará todas las sensaciones y no permitirá que estas emociones despierten. Estas emociones tendrán que estar inactivas ya que resulta demasiado doloroso experimentarlas en una pequeña cantidad. Llega a ser más complicado satisfacer estas emociones, pero el individuo que intenta llenarlas está reaccionando a las fuerzas de su naturaleza, colocándose en posicion de confusion, si él no entiende cómo este mecanismo funciona. Y puesto que en este mundo hay muy poco conocimiento sobre este tema, esa clase de parejas caen en las trampas siguientes:

1. Comienzan a intercambiar parejas.
2. Comienzan a beber demasiado para tratar de olvidar la necesidad de satisfacción.
3. Comienzan a consumir drogas legales e ilegales.
4. Comienzan a destruirse o a sabotearse.
5. Se divorciarán. Es inevitable.
6. Tendrán amargura de su matrimonio, y odio con su ex-esposo, lo cual sucede después del inevitable divorcio.
7. Carecerán de cooperación hacia sus hijos. Eso sucede después del divorcio como consecuencia de esa amargura que uno siente hacia el otro.

Por lo tanto el divorcio, y no sólo divorcio sino un divorcio amargo, deja a las partes implicadas con miedo por los años futuros; deja a las personas implicadas con un "equipaje" que obstruye las relaciones futuras y los deja temerosos de exponer sus emociones a alguien nuevo otra vez.

Este "equipaje" es cargado por cada divorciado y está ocupando en nuestras mentes el espacio que es señalado por nuestro Creador como el lugar de nuestra "Alma Gemela". Este "equipaje" obstaculiza el lugar y las probabilidades de la nueva relación mientras que construye barreras y paredes para la protección de nuestras emociones; por lo tanto, nuestras emociones no se satisfacen por miedo a ser heridas otra vez.

Sí, la naturaleza de nuestras emociones que se dejan incumplidas es un enemigo de gran alcance. Debemos prestar atención, estudiar nuestras propias necesidades y tomarnos el tiempo necesario para encontrar a nuestra "Alma Gemela".

Conforme evaluamos los resultados y las acciones que hicieron el divorcio en nuestras vidas posible, llegamos a la conclusión que el divorcio no es una enfermedad sino una necesidad. Es divorciarse o luchar una batalla campal todos los dias; es divorciarse o poco a poco matarse entre sí;

volverse loco o seguir haciendo un trabajo mediocre en nuestras vidas.

Nuestras naturalezas se han estado desarrollando y esta evolución ha despertado al "Durmiente".

Nuestra Alma consigue alimentarse a través de nuestras emociones y nuestras emociones tienen hambre en general. Esta hambre pide educacion, dirección y realización pero nuestros líderes espirituales están atorados en el material para niños pequenos y son demasiado perezosos para cambiar sus formas de educar, en relacion al progreso y de la forma que se desarrolla la mente de los adultos.

Los sacerdotes y los ministros, y cada otra forma de religión, insisten en repetir la misma lección que todos hemos oído miles de veces y no se preocupan por la evolución que los hombres y las mujeres hemos tenido a través de los años.

Todos estamos gritando por amor, afecto, guia y comprensión; nosotros queremos, exigimos, anhelamos cada vez más, y todo lo que conseguimos es el mismo cuento.

¿Por qué debemos esperar y tener fe? Necesitamos pruebas y resultados constructivos, y el ser un seguidor se asemeja a ser un zombie. Pero, hemos sido creados para ser únicos y los zombies no son únicos, así que podemos concluir que algo anda mal en el cuadro actual.

Todos fingimos ser fieles a la predicación de nuestros líderes espirituales, pero en el fondo nuestros cuerpos y mentes están en conflicto con las viejas lecciones que tienen miles de años. Por eso es que el divorcio desafía las reglas de la religión, de las costumbres y de la sociedad. Ahora, puesto que estas reglas no pueden evitar el divorcio, ellos renuentemente tienen que aceptarlo de alguna forma. Nuestros líderes espirituales acuerdan perder una batalla para poder ganar la guerra. Ellos serían de más ayuda si sus enseñanzas se desarrollaran al mismo paso que se desarrollan nuestras naturalezas. Se necesita comenzaran a escribir libros sobre Filosofía, que la gente pueda comprender, para intentar entender el desarrollo de la mente humana en relación a nuestro Creador y de nuestra misión en este mundo. Necesitamos a líderes espirituales que sean verdaderos y no falsos, que estén listos para el cambio y no sean perezosos, obstinados o egocéntricos.

Contrario a lo que alguna gente dice sobre el amor y las relaciones, que es un trabajo difícil y duro, yo les digo que cuando usted encuentra a su complemento las cosas caen en el lugar correcto y su labor se convierte en una actividad agradable. Usted estará satisfecho de haber trabajado arduamente para encontrar a su "Alma Gemela", así que todo el placer que usted experimente en su vida será justificado. Usted no se sentirá culpable o cohibido cuando esté conectado con su "Alma Gemela".

Sí, es en el balance de la vida donde usted debe trabajar con ahínco para encontrar el tesoro que le ayudará a hacer realidad esas maravillas en su vida. Este tesoro es su "Alma Gemela" y ella lo vale. Es el trabajo difícil el que trae lucidez a nuestras vidas, pero solamente si éste es bien dirigido. Por eso es que debemos tener un mapa del camino, unos planos del proyecto original, un sistema de reglas a seguir, los principios y leyes que nos lleven a nuestro destino para el que estamos hechos. Así pues, no trabaje por trabajar, busque el tipo de compañero-ra que le llevará a su destino.

¿Y cuál es mi destino? (Usted se preguntará).

Su destino es vivir con prosperidad y felicidad; poder crear tanto cuanto sea posible durante su vida para la gloria de su Creador y de su propia satisfacción. Esto significa que usted está supuesto a ser el mejor en todo, desarrollando sus capacidades, talentos e ingenios. Es decir, usted debe descubrir para lo que ha nacido y enfocarse en ello.

Y para esos grandes hombres y mujeres que han tenido éxito en sus carreras, les digo que, tal éxito no va a durar mucho o no tendrá sentido sin su "Alma Gemela" que lo ayude a lograr equilibrio y armonía.

Después que usted encuentre a esa persona especial, disfrutará de cada aspecto de su vida, de su trabajo, de sus días y noches, de su presente y su futuro, y así sucesivamente. Aquí está otro poema para relajarle un poco.

RÉQUIEM AL AMOR QUE PASO'

Y fue un sueño Ayer
Cuando me veo hoy
Como un Nuevo Amanecer.

¿Que fue lo que hice mal?
¿Era mi destino?
¡No!
Sé que ella no era...,
No pertenecia,
Para ser..., mi ¡Compañera!

¿Porqué estaba yo,
Entonces, con tanto dolor?

¿Había alguien o otro,
A quien darle la culpa?
No lo creo y tampoco,
Acepto disculpa.

Hoy lo veo todo claro,
Después de muchos días,
Lo veo todo muy simple,
No encuentro nada raro.

Ahora busco satisfacer...,
Engrandecer, mis facultades,
No hay tiempo que perder,
No me permito necedades.

Ella y yo no completamos,
Llegamos a nuestro limite,
Eramos, como dos hermanos.

Éramos productos,
De diversa sangre;
Ella quiso cosas materiales,
¡Y yo'!
¡Si! Yo buscaba ser mas Grande.

¡Sí! Niños de,
Diferente,
Sangre éramos,

Las Fuerzas de La Naturaleza

Y raramente,
Podíamos convenir;
Mas, nuestra naturaleza
En este viaje,
Se tiene que satisfacer...
Tiene que vivir.

Hoy ella no esta';
Solo y triste,
Medito y calculo,
Mi edad, Mis sueños y Emociones,
Mis Esperanzas,
Mis Ambiciones.

Y cómo otra
Gente afortunada,
Puede buscar y encontrar,
A su mujer apropiada.

Miraré en mi futuro,
Buscaré mi necesidad,
Intentaré de muchas formas,
Descubrir mi realidad.

Quiero..., necesito...,esa flor,
Que fue' creada....,
Que me busca, que me espera,
Para ser mi amada.

Ella es agradable,
Ella es apacible,.
Ella es lista,
Tambien muy Hermosa,
Sus petalos son delicados,
Y fragiles como una Rosa.

Se' que ella es valiente,
Y con necesidades,
Para buscar....
Mas..., si esta melodia,
Ella llega a escuchar,
Juntos...,
Encontraremos nuestro lugar.

Éste es un sitio con
Armonía;
Tranquilidad,
Paz.....,
Con mucha melodia.

Poesía y prosa
Sera' nuestra lengua,
Amor y romance,
A todas horas tendremos,
El tiempo pasara' mas rapido...,
Mucho mas felices seremos.

¿Donde estás mi amada?
Envia hacia mi tu Poesía,
Espero que tengas,
Tu vision clara,
Para identificar mi Melodía.

Las Fuerzas de La Naturaleza

Capítulo Nueve

La Fórmula

Sí, el príncipe utilizo',
El zapato como formula,
Para identificar a los candidatos,
Asi fue' cómo él nunca la confianza perdio',
Asi fue como a su princesa el encontro'.

Y vivieron felizes por el resto de sus vidas,
Y asi es cómo usted debe también hacer;
Porque por ahi esta su princesa,
Y la felicidad lo aguarda,
Y lo hara a usted crecer, crecer, crecer....

CASAMENTERO,..CASAMENTERO, ENCUÉNTREME UNA ESPOSA... que me haga feliz por el resto de mi vida. Hay muchas versiones del horóscopo y la mayoría de ellas tienen sus valores. Leí una gran cantidad de ellos y después de muchos cálculos, evaluaciones y ejemplos vívidos de parejas casadas, he creado mi propia fórmula. Mi forma es volviendo a la naturaleza y confiar en su signo zodiacal.

Paso #1:
Encuentre su signo zodiacal y su Elemento.

Encuentre su fecha de nacimiento en la tabla de abajo. A la izquierda, está el nombre de su signo zodiacal y a la derecha, su elemento. La naturaleza tiene cuatro elementos básicos: Agua, tierra, aire y fuego. Los signos del Horoscopo están afectados por estos elementos. Estos cuatro grupos incluyen tres signos en cada grupo, dando así un total de doce signos y doce meses.

La Fórmula

Estos son:

Fuego: Aries, Leo y Sagitario.

Tierra: Tauro, Virgo y Capricornio.

Aire: Géminis, Libra y Acuario.

Agua: Cáncer, Escorpión y Piscis.

La Fórmula

SIGNO ZODIACAL	NACIDO ENTRE	ELEMENTO
Aries	Marzo 21 a Abril 20	Fuego
Tauro	Abril 21 a Mayo 21	Tierra
Géminis	Mayo 22 a Junio 21	Aire
Cáncer	Junio 22 a Julio 22	Agua
Leo	Julio 23 a Agosto 21	Fuego
Virgo	Agosto 22 a Septiembre 23	Tierra
Libra	Septiembre 24 - Octubre 22	Aire
Escorpión	Octubre 23 a Noviembre 22	Agua
Sagitario	Nov.bre 23 a Diciembre 22	Fuego
Capricornio	Diciembre 23 a Enero 20	Tierra
Acuario	Enero 21 a Febrero 19	Aire
Piscis	Febrero 20 a Marzo 20	Agua

La Fórmula

Paso #2:
Identificar los signos de su grupo.

Una vez que usted ha identificado su signo zodiacal y el elemento del grupo al que pertenece, identifique los otros signos dentro de su grupo. Estos son los signos en los que usted va a buscar a su compañero.

Así pues, alguien que es gobernado por un elemento del fuego buscará un signo zodiacal dentro de su mismo grupo. Por ejemplo, Sagitario encontrará a Aries y a Leo, puesto que ambos de los signos están dentro del mismo grupo del elemento fuego. La tierra buscará la tierra, el aire buscará el aire y el agua buscará el agua de forma semejante.

Paso #3:
Dar prioridad a su grupo

Para un hombre, el signo zodiacal siguiente **después** de su propio signo, será su primera opción para encontrar a su compañera; el que sigue después, será su segunda opción, y su propio signo será su tercera opción. Por ejemplo: Para el hombre de Aries, su primera opción es Leo; su segunda opción será Sagitario, y su tercera opción

La Fórmula

será la mujer que pertenezca al signo de Aries también.

Para una mujer, la regla es inversa. Su primera opción será el signo zodiacal que esté **antes** que su propio signo; su segunda opción, es la que le precede, y su tercera opción será su propi signo. Por ejemplo: Para la mujer de Cáncer, su primera opción es Piscis; su segunda opción será Escorpión, y su tercera opción será un hombre del signo de Cáncer también.

Es decir, el hombre se mueve en la dirección de las manecillas del reloj y la mujer se mueve en sentido contrario.

Por supuesto, la "Alma Gemela" va a estar en la primera opción, pero a lo largo del camino usted encontrará muchas semejanzas con los otros dos signos en su grupo. Usted también se sentirá atraído por el otro grupo que interactúa con el grupo de usted. El fuego va con aire y viceversa. El agua va con tierra y viceversa.

Paso #4:

Encontrar la Fecha de Nacimiento

Una vez que usted comienza a revisar candidatos, el siguiente paso importante es

La Fórmula

localizar el día en que ellos nacieron. El día del mes no debe ser muy lejano al suyo; si usted nació a principio del mes, su candidato necesitará haber nacido alrededor del principio del mes, y así sucesivamente. El rango puede variar solamente de tres a cinco días, si usted está cerca del centro del período del signo; y de uno a dos días, si usted linda con la cúspide.

Mientras usted conoce gente, únicamente conservará la que está en su propio signo y los signos que interactúan con su grupo, recuerde, fuego y aire solamente, o tierra y agua solamente. Estos son los seis signos en los que usted debe enfocarse; olvídese de los otros seis signos; no preste ninguna atención, para propósitos románticos, a los otros seis signos que no son mencionados.

Usted solamente tiene una "Alma Gemela". Le he dado ahora el mapa del camino respecto de con quien debe usted esperar llevarse bien, y el signo con quien usted se llevará mejor en orden de preferencia. Como dije antes, la razón principal por la que a menudo nos decepcionamos, es porque nuestras expectativas son muy altas debido al pobre conocimiento que tenemos del tema en cuestión, y a la fantasia que se predica.

Nuestro mapa del camino nos ha puesto en cercanía con nuestra "Alma Gemela", o más apropiadamente, yo diría que nos ha puesto en el mismo planeta.

Esto no es tan malo, porque antes ni siquiera contábamos con un mapa, así que no es coincidencia que hayamos cometido un error de tal magnitud.

Algunas personas tratarán de justificar su aburrido matrimonio diciendo que no lo es, que simplemente no se llevaban bien con sus cónyuges.

Si, usted no tenía su "Alma Gemela" (y obviamente no la tenía), por eso cometió un gran error por mucho tiempo. Pero, a la vez, debe decirse: "Soy un ganador porque me salí de una relación que me estaba matando.

Ahora soy libre y tengo la posición de esposo disponible lista para ser llenada por la persona correcta (y única), mi "Alma Gemela".

Algunas otras personas compaginaron un poco más porque escucharon un poquito mejor a su voz interior, pero aún así no encontraron a su "Alma Gemela"; en cambio, ellos se casaron con sus "Polo Opuesto". Usted leerá sobre cómo sucede esto en el Capítulo Once.

La mayoría de la gente cree que los signos están aislados el uno del otro; es decir, Aries es del 21 de Marzo al 20 de Abril; y después, el 21 de Abril aparece Tauro, y Aries no está más ahí.

Yo no estoy de acuerdo con esta teoría; en cambio si creo que los signos siguen la curva de la frecuencia, por ejemplo: Aries empieza el 21 de Marzo y tiene algo de influencia de Piscis. Conforme Aries se acerca más a Abril, pierde la influencia de Piscis y empieza a ganar fuerza como un Aries mas influenciado. Después Aries pasa a través del 15 de Abril y empieza a perder su influencia para obtener la influencia de Tauro. Por eso es que las personas nacidas en la cúspide son influenciadas por ambos signos.

Debido a esta curva de la frecuencia, el cumpleaños de su "Alma Gemela" debe de estar dentro de un rango de tres días cercano al suyo, o más cercano si usted está en la cúspide. Usted necesitará encontrar a un candidato que haya nacido tres días antes o tres días después del día de su cumpleaños, y mientras más cercano esté al día del mes, mejor. Por ejemplo: Si su cumpleaños es el día 5 del mes, entonces el día de cumpleaños de su "Alma Gemela" deberá ser el 2, 3, 4, 5, 6, 7 u 8.

Eso es, no puede caer en ningún otro día, o no es su "Alma Gemela".

La gente que se encuentra en la cúspide deberá estar más cercana; el rango no debe ser de más de uno o dos días. Ambos deberán estar dentro de los parámetros de la fórmula y de la compatibilidad real de los planetas. Si el día de cumpleaños de un

La Fórmula

candidato dista más de tres días del suyo, usted tendrá que descalificar al pretendiente como su "Alma Gemela".

Porque el Universo juega un papel muy importante en la vida, es muy posible que nosotros nos crucemos en nuestro camino, con nuestra "Alma Gemela" de un momento a otro en nuestra vida. Somos nosotros quienes estamos ciegos, no tenemos los conocimientos necesarios, y perdemos la opurtunidad cuando sucede.

Ahora, debemos mantener una mente abierta y buscar las señales indicadas en este libro.

La razón por la cual la mayoría de la gente se obstruye es porque no saben qué buscar. Con esta fórmula, usted deberá tener mucha menos dificultad para encontrar a su "Alma Gemela"... ahora que usted tiene el mapa del camino.

Alguna gente podrá encontrar a un compañero compatible, temprano en su vida y lleguen a casarse. Quizás terminarán divorciándose a pesar de que el cónyuge haya sido el compañero perfecto,

La Fórmula

(esa fue la razón por la que se sintieron atraídos en primer lugar).

Esto puede suceder cuando ellos no tienen bastante conocimiento para entender las fuerzas de la naturaleza del otro, o de si mismo; puede ser también porque este compañero tiene el signo zodiacal correcto, pero no así el resto de los ingredientes. A pesar de que el compañero pertenecía al mes correcto, él no fue la persona correcta.

O quizás pudo haber sucedido que una persona o la otra permitieron ser influenciadas por fuerzas externas, tales como amigos o parientes, y eso propició la prematura separación antes de que sus naturalezas se pudieran identificar entre sí.

Por eso es que yo sugiero tantos encuentros como sean posibles, a fin de poder identificar a la persona correcta y aprender de la experiencia.

La cultura, el color de la piel, la talla, la riqueza, la profesión, etc. no juegan un papel importante.

En cambio, es la melodía que nosotros mostramos, el mayor ingrediente para obtener nuestro objetivo.

OPCIONES POR ORDEN DE PRIORIDAD

PARA LOS HOMBRES

Hombre de Aries:

1ra. Mujer de Leo; 2da. Mujer de Sagitario; 3ra. Mujer de Aries; 4ta. mujer de Libra; 5ta. Mujer de Acuario; 6ta. Mujer de Géminis.

Hombre de Tauro:

1ra. Mujer de Virgo; 2da. Mujer de Capricornio; 3ra. Mujer de Tauro; 4ta. mujer de Escorpión; 5ta. Mujer de Piscis; 6ta. Mujer de Cáncer.

Hombre de Géminis:

1ra. Mujer de Libra; 2da. Mujer de Acuario; 3ra. Mujer de Géminis; 4ta. mujer de Sagitario; 5ta. Mujer de Aries; 6ta. Mujer de Leo.

Hombre de Cáncer:

La Fórmula

1ra. Mujer de Escorpión; 2da. Mujer de Piscis; 3ra. Mujer de Cáncer; 4ta. mujer de Capricornio; 5ta. Mujer de Tauro; 6ta. Mujer de Virgo.

Hombre de Leo:

1ra. Mujer de Sagitario; 2da. Mujer de Aries; 3ra. Mujer de Leo; 4ta. Mujer de Acuario; 5ta. Mujer de Géminis; 6ta. Mujer de Libra.

Hombre de Virgo:

1ra. Mujer de Capricornio; 2da. Mujer de Tauro; 3ra. Mujer de Virgo; 4ta. mujer de Piscis; 5ta. Mujer de Cáncer; 6ta. Mujer de Escorpión.

Hombre de Libra:

1ra. Mujer de Acuario; 2da. Mujer de Géminis; 3ra. Mujer de Libra; 4ta. Mujer de Aries; 5ta. Mujer de Leo; 6ta. Mujer de Sagitario.

Hombre de Escorpión:

1ra. Mujer de Piscis; 2da. Mujer de Cáncer; 3ra. Mujer de Escorpión; 4ta. Mujer de Tauro; 5ta. Mujer de Virgo; 6ta. Mujer de Capricornio.

Hombre de Sagitario:

1ra. Mujer de Aries; 2da. Mujer de Leo; 3ra. Mujer de Sagitario; 4ta. Mujer de Géminis; 5ta. Mujer de Libra; 6ta. Mujer de Acuario.

Hombre de Capricornio:

1ra. Mujer de Tauro; 2da. Mujer de Virgo; 3ra. Mujer de Capricornio; 4ta. Mujer de Cáncer; 5ta. Mujer de Escorpión; 6ta. Mujer de Piscis.

Hombre de Acuario:

1ra. Mujer de Géminis, 2da. Mujer de Libra; 3ra. Mujer de Acuario; 4ta. Mujer de Leo; 5ta. Mujer de Sagitario; 6ta. Mujer de Aries.

Hombre de Piscis:

1ra. Mujer de Cáncer; 2da. Mujer de Escorpión; 3ra. Mujer de Piscis; 4ta. Mujer de Virgo; 5ta. Mujer de Capricornio; 6ta. Mujer de Tauro.

OPCIÓN POR ORDEN DE PRIORIDAD

PARA LAS MUJERES

Mujer de Aries:

1ra. Hombre de Sagitario; 2da. Hombre de Leo; 3ra. Hombre de Aries; 4ta. hombre de Libra; 5ta. Hombre de Géminis; 6ta. Hombre de Acuario.

Mujer de Tauro:

1ra. Hombre de Capricornio; 2da. Hombre de Virgo; 3ra. Hombre de Tauro; 4ta. hombre de Escorpión; 5ta. Hombre de Cáncer; 6ta. Hombre de Piscis.

Mujer de Géminis:

1ra. Hombre de Acuario; 2da. Hombre de Libra; 3ra. Hombre de Géminis; 4ta. hombre de

Sagitario; 5ta. Hombre de Leo; 6ta. Hombre de Aries.

Mujer de Cáncer:

1ra. Hombre de Piscis; 2da. Hombre de Escorpión; 3ra. Hombre de Cáncer; 4ta. Hombre de Capricornio; 5ta. Hombre de Virgo; 6ta. Hombre de Tauro.

Mujer de Leo:

1ra. Hombre de Aries; 2da. Hombre de Sagitario; 3ra. Hombre de Leo; 4ta. hombre de Acuario; 5ta. Hombre de Libra; 6ta. Hombre de Géminis.

Mujer de Virgo:

1ra. Hombre de Tauro; 2da. Hombre de Capricornio; 3ra. Hombre de Virgo; 4ta. Hombre de Piscis; 5ta. Hombre de Escorpión; 6ta. Hombre de Cáncer.

Mujer de Libra:

1ra. Hombre de Géminis; 2da. Hombre de Acuario; 3ra. Hombre de Libra; 4ta. hombre de Aries; 5ta. Hombre de Sagitario; 6ta. Hombre de Leo.

Mujer de Escorpión:

1ra. Hombre de Cáncer; 2da. Hombre de Piscis; 3ra. Hombre de Escorpión; 4ta. Hombre de Tauro; 5ta. Hombre de Capricornio; 6ta. Hombre de Virgo.

Mujer de Sagitario:

1ra. Hombre de Leo; 2da. Hombre de Aries; 3ra. Hombre de Sagitario; 4ta. Hombre de Géminis; 5ta. Hombre de Acuario; 6ta. Hombre de Libra.

Mujer de Capricornio:

1ra. Hombre de Virgo; 2da. Hombre de Tauro; 3ra. Hombre de Capricornio; 4ta. Hombre de Cáncer; 5ta. Hombre de Piscis; 6ta. Hombre de Escorpión.

Mujer de Acuario:

1ra. Hombre de Libra; 2da. Hombre de Géminis; 3ra. Hombre de Acuario; 4ta. hombre de Leo; 5ta. Hombre de Aries; 6ta. Hombre de Sagitario.

Mujer de Piscis:

1ra. Hombre de Escorpión; 2da. Hombre de Cáncer; 3ra. Hombre de Piscis; 4ta. Hombre de Virgo; 5ta. Hombre de Tauro; 6ta. Hombre de Capricornio.

Nota: Esta fórmula lo pondrá en cercanía con su "Alma Gemela"; sin embargo, no le señalará a su compañero. Usted tendrá que descifrarlo.

Paso #5: Encontrar su melodía

Si tomamos el ejemplo anterior del hombre de Aries tratando de encontrar a su "Alma Gemela" en una mujer de Leo, entonces él se concentrará en encontrar a la mujer de Leo, pero no a cualquier Leo; él buscará a la mujer de Leo que también sea su "melodía". La Melodía es el aura que las "Almas Gemelas" llevan y que solamente la "Alma Gemela" puede identificar. En los países latinos esta aura se llama "Duende".

Y el poeta dijo acerca del "Duende": "Es la poesía que nos trae 'sonidos negros'; estos son: el misterio, las raíces sujetadas en el fango, que todos nosotros tenemos y que todos nosotros ignoramos; es el "Cieno Fértil" el que nos da la sustancia de la vida".

Su "Alma Gemela" traerá este "Duende" consigo y usted podrá sacarlo a la superficie; y en su dulzura, habrá sonrisas y compartir de placeres, y no le costará esfuerzo alguno, ya que todo está en la esencia de la naturaleza. Cuando usted reciba el "Duende" de esta persona, usted desarrollará su propia melodía, y cuando usted se trate de rebelar contra este nuevo torrente de emociones, su "Alma Gemela" contendrá su enojo y frustración para traer balance y armonía a su Alma.

Los antecedentes de nuestras vidas importan grandemente y esto tiene que entenderse muy bien, porque no es el lugar de origen o el idioma que hablamos, sino el espíritu que maneja nuestras vidas y los objetivos que perseguimos.

Paso #6: Compaginar sus naturalezas

Ahora que usted ya ha evaluado sus signos zodiacales necesita proceder a igualar sus naturalezas. Usted deberá tener un grupo de personas con quien mantener correspondencia; un buen número es de siete a doce. Debe mantener solamente correspondencia por ahora; no querrá conocerlos en persona por lo menos en un mes. El motivo es que todos somos muy buenos para disfrazarnos. En los negocios, tenemos las Oficinas de Crédito para desenmascarar a los individuos que no pagan a tiempo sus deudas, pero en este tema no contamos con eso. El propósito de la correspondencia es saber diferenciar al honrado de aquél que no lo es.

El bombardeo constante de la información

negativa sobre este tema tiene nuestra visión obstruida, y la necesitamos limpia para ver quién es la persona correcta. Usted debe corresponder de buena fe también y hacer preguntas y dar respuestas a cambio. Recuerde intercambiar. Usted debe ser más romántico en cada carta mientras descubre quién merece su tiempo más que los otros.

Sus cartas deberán ser divertidas, recuerde que él no sabe quién es usted, y a usted no le interesa tener más de uno; por lo tanto, usted estará buscando a aquél que se sienta bien en cada aspecto de su carácter. No deberá preocuparse por cómo el candidato luce. La persona adecuada tendrá todos los ingredientes que usted quiere, todos los ingredientes que usted necesita, y cien veces más.

Alguna de su gente con quien tiene correspondiencia, pedirá que ustedes se encuentren después de la segunda carta; por favor no lo acepte!.

La Fórmula

Cito una frase célebre del brillante estratega de guerra Napoleón Bonaparte cuando dijo a su ayudante: "Vísteme lentamente; tengo prisa". Esto significó que él no quería que su ayudante incurriera en un error o equivocación al vestirlo y asi no tendría que vestirlo de nuevo y perder mas tiempo en el proceso.

La misma situación está sucediendo en el mundo actualmente. Todos estamos viviendo con demasiada prisa y perdemos el las opurtunidades eligiendo a los compañeros equivocados.

Los resultados son: divorcio, crisis financiera y, empezar de nuevo con el Alma contusionada y llena de dudas para las relaciones futuras; con el proceso entero dando como resultado que pasen varios años y usted no llegue a ninguna parte que tenga merito alguno.

¿Puede usted ver porqué tanta gente se equivoca terriblemente en la elección de su "Alma Gemela"?

¡Es un milagro que el noventa por ciento de recién casados no se divorcie dos semanas después de la boda! ¿Por qué? Quizás porque no pueden aceptar que han cometido un error, o son demasiado ignorantes para darse cuenta qué es lo que necesitan, o están demasiado impacientes por ser parte de ese "Club", o no saben salirse del compromiso.

Este método para encontrar a su "Alma Gemela" no es convencional, o muy bien conocido, pero cuando consideramos los resultados, o la carencia de ellos, y debido a no tener el compañero adecuado, llegamos a la conclusión que esto es demasiado importante como para dejarlo al azar y a la suerte, a la lujuria, a sensaciones falsas o a una sensación de seguridad pasajera.

También, cuando consideramos las estadísticas de divorcios, solamente nos podemos preguntar, porqué ocurren tantos?.

Ello es porque somos más inteligentes en este tema que nuestros padres, tenemos mas educación, exigimos ser felices o lo intentaremos una y otra vez.

La Fórmula

Somos más exigentes que nuestros padres. Vemos que muchas cosas son posibles, así que empezamos y intentamos de nuevo, hasta encontrar nuestro premio al final del arco iris.

Tambien somos más egoístas que nuestros padres.

Aquí hago una pausa y reitero lo que significa el egoísmo.

Según el diccionario de Webster, se define al egoísmo como: "La necesidad de tener cosas para uno mismo, o de querer tener más cosas para uno mismo que para otra gente."

Yo llamo a éste "Auto-derecho". La sociedad en general condena este acto, o insinua que ello no es para el bien de la sociedad. Se dice con frecuencia: "Eres un egoísta", en un tono que significa que es incorrecto ser egoísta. La forma en que yo veo la situación es, que si yo no me defiendo ni me cuido a mí mismo, ¿qué otro va a hacerlo? ¿Es malo querer tener más que mi vecino? Mientras no dañe a otra gente, es correcto querer tener cosas para mí!.

Aquí está un ejemplo. Juan y José caminaban por el campo. Se hacía tarde y tenían hambre, vieron un manzano con ruta. José subió al árbol y cortó las únicas dos manzanas que quedaban; una era de ocho centímetros de diámetro y la otra manzana medía solamente seis centímetros de diametro. Puesto que José había subido al árbol y había recolectado las dos manzanas, él fue quien repartió la comida. Le dio a Juan la manzana más pequeña y guardó la grande para sí. Juan se quejó de que José era egoísta y que no tenía ningún derecho de darle la manzana más pequeña; a lo cual José preguntó: "¿Qué hubieras hecho tú si estuvieras en mi lugar?" Juan contestó: "José, yo te hubiera dado la manzana grande y habría guardado la pequeña para mí." Entonces José dijo: "Eso es lo que tenemos, Juan; tú tienes la pequeña y yo tengo la grande, así que... ¿de qué te quejas?

Si José se hubiera quedado con las dos manzanas, él habría sido avaro. Pero él compartió con Juan, y fue egoísta con derecho (Auto-derecho), así que fue bueno. Yo digo que tener cosas a expensas de otra gente no es egoísmo, sino avaricia. El egoísmo es bueno, pero la avaricia es mala... ¿Por qué? El egoísmo nos hace más fuertes porque compartimos y negociamos, por supuesto intentamos conseguir la mayor ventaja para nosotros mismos, pero nos preocupamos por nuestro compañero.

La avaricia es solamente ¡yo, yo, yo! La avaricia se construye sobre arena movediza y eventualmente se derrumba el imperio.

Somos más egoístas que nuestros padres y nosotros no queremos existir simplemente en una relación; queremos experimentar nirvana, éxtasis y amor sin demandas o barreras. Queremos más de la vida que nuestros padres. Una vez más, esto es así porque hemos visto hombres caminar en la Luna, y porque sabemos que la mayoría de las cosas son posibles si ponemos nuestra mente en ellas. No tenemos miedo de buscar más de lo que

La Fórmula

buscaron nuestros padres.

Aunque seamos bombardeados con tanta información negativa, nosotros todavía tenemos mucho estímulo por la historia pasada y las oportunidades del futuro.

Nuestros padres tenían mucha más dificultad, las religiones con sus ideas anticuadas, limitaban la mentalidad de nuestros antepasados, y estos preferían sufrir en una relación donde no existía amor, a tomar el divorcio. Tampoco, en su generación, había tanta información como la que tenemos ahora, así que ellos se resignaron a conformarse con mucho menos.

Cuando nos protegemos contra otros, somos egoístas. Cuando permitimos que otros nos lastimen somos "desinteresados," o no ejercemos nuestro "Auto-derecho" (es más apropiado decir que nos quedamos mudos). Cuando cuidamos nuestros cuerpos y nos ponemos en forma, nuestras mentes están sanas, y estamos llenos de vida, eso es lo que es ser egoísta. Cuando permitimos que nuestros

La Fórmula

cuerpos pierdan la forma, o sufran de dolor, o falta de energía o entusiasmo, es entonces que somos perezosos y desinteresados.

Cuando compartimos con otra gente, entonces somos egoístas porque la gente compartirá con nosotros. Compartir es como el comercio; ambas partes ganan. Cuando no compartimos y queremos las cosas para nosotros mismos únicamente, entonces somos codiciosos desinteresados, y mudos. ¿Por qué? Porque Dios no nos hizo de esa forma. Estamos hechos para compartir, para relacionarnos y para conectarnos. Nos han creado para crecer, para desarrollarnos y para hacer que nuestro Creador se sienta orgulloso. Esa es la razón por la que buscamos conectarnos con nuestro Dios y Creador, para satisfacer nuestras necesidades espirituales.

El hecho de que existamos nos da toda esta información. Tomen al hombre y a la mujer como ejemplo; están hechos para relacionarse el uno con el otro y, en el proceso, los seres humanos

reproducen a otros seres humanos. En el acto de la
cópula, ambos participantes obtienen éxtasis, pero
hay más que eso. Como hombre y mujer
interactivos, ellos se desarrollan más
individualmente y al hacerlo se acercan más y mas
a la misión por la cual existimos y fuimos creados.
Así que, la teoría que establece que "para que
algunos ganen, otros deben perder" es incorrecta y
codiciosa. La próxima vez que alguien le diga que
usted es egoísta, por querer tener una mejor vida,
dígale que se despierte, que abra los hojos, ya es
hora de actuar como adultos y con sentido común de
campeónes.

¿Usted se pregunta porqué incurrimos en tantas
equivocaciones? Acabo de describir a usted el
razonamiento del egoísmo. Desde nuestra niñez a
todos nos han dicho y hecho creer que el egoísmo
era una deshonra a nuestros principios morales.
Ahora usted está leyendo mi análisis del egoísmo y
aquí he comprobado que todos están equivocados.
Mire cuánto tiempo y energía se han perdido debido

La Fórmula

a la información incorrecta.

Ahora, pasemos al tema de la profesión y de la carrera. Esto es muy importante y debe quedar entendido, porque sus carreras tienen que estar relacionadas. Incluso si la mujer decide alejarse del trabajo por motivos familiares o cualquier otra razón, es imprescindible que los cónyuges se puedan comunicar inteligentemente, tienen que estar al mismo nivel de inteligencia, cuando se comuniquen sus problemas o dificultades en el lugar de trabajo.

El "Alma Gemela" verá las cosas de la misma forma que la ve su compañero, pero desde un ángulo diferente, y esto les proporcionará una mejor visión en conjunto, y no cometerán un error tan fácilmente.

Existe también una creencia entre mucha gente que para que haya compatibilidad entre un hombre y una mujer, es necesario que uno sea dominante y el otro dócil; o uno tiene que ser fuerte y el otro débil, o uno tiene que ser escandaloso y el otro callado, etcétera. Ese concepto está totalmente equivocado. Ese concepto es más probable de pertenecer a los "Polos Opuestos", y a lo según descrito en el Capítulo Once sobre "Polos Opuestos" y cómo sus naturalezas accionan al otro con el fin de desarrollar sus emociones mucho, mucho más rápidamente.

Las "Almas Gemelas", por otra parte, son dos personas, con la capacidad de complementarse sin intentarlo o esmerarse en ello. Sus naturalezas se fusionan sin ningún esfuerzo y aportan a la relación lo mejor de sí mismos.

La sociedad tiene todo el concepto equivocado. Se supone que la vida debe ser fácil, feliz... no difícil, o triste, o infeliz; así es como la naturaleza nos hizo. Nosotros somos la razón por la que no conseguimos lo que merecemos para ser tan felices como Dios quiere que seamos. La razón principal es porque no nos han educado correctamente en este tema y, por lo tanto, dejamos ir las oportunidades que nos permitirán ver y prosperar en relación a lo que queremos en esta vida, en relación a los talentos que tenemos, para hacer las correctas decisiones cada vez, cada día y siempre.

Mientras observamos las características de los signos zodiacales, podemos encontrar diferencias en la gente del mismo signo; uno puede ser agresivo y el otro puede ser pasivo. No deje que esto lo confunda. Las características principales de los signos están allí, con las creencias, las actitudes, las necesidades y los deseos.

Un día usted encuentra a alguien y se enamora, y esa persona eleva sus sensaciones a un punto que usted nunca ha experimentado antes, pero, si esta persona no se encuentra bajo el parámetro de su horóscopo, entonces hay probabilidades de que ésta no sea su "Alma Gemela".

Recordemos que nadie en este mundo es igual. No estamos buscando al ser idéntico a nosotros, estamos buscando al que sea compatible. Estamos buscando al ser humano que nos complemente para poder ser mejor de lo que somos por nosotros mismos; esa es la razón por la que tenemos la necesidad de una "Alma Gemela". Tenemos esta necesidad porque esa es la forma en que la naturaleza nos hizo. Es nuestra labor, deber y último objetivo poder encontrar a esa persona. Como dije antes, este libro le dará la dirección para coincidir en el territorio donde esta persona vive y se desenvuelve. Este libro también le indicará cómo debe ver al compañero-ra del sexo opuesto para poder identificarlo-a.

Nuestra "Alma Gemela" está en la primera opción de la fórmula. Los otros dos signos del grupo son también muy importantes; sirven para agudizar los sentidos del individuo para que pueda identificar la Melodía y el "Duende" que todos tenemos, sin embargo, se corre el riesgo de que el individuo equivocadamente confunda la atracción fuerte en estos otros signos con nuestra verdadera "Alma Gemela", así que tenga cuidado. Sea ambicioso pero, por favor, no se conforme con segundos o terceros. Obtenga su número uno. ¡Obtenga a su "Alma Gemela"!

A continuación describiré algunas de las facultades y características de las doce parejas perfectas, asi podrá convencerle de cuánta información incorrecta hemos acumulado durante anos en este tema.

Lu mayoría de los lectores se sorprenderán por el signo que deben perseguir. Algunos dirán, "nunca he conocido este signo en mi vida, ¿cómo voy a poder compenetrar con él?" Otra gente encontrará esta combinación como la correcta; esta es la gente que ha sido rodeada por la naturaleza y que cree en las fuerzas que ella posee. A la gente que tiene dudas, yo le digo... ¡inténtelo! ¿Qué puede usted perder? Invierta algo de tiempo ahora y juzgue los resultados después.

Estimado lector:

¿Tiene usted paz? ¿Ese impulso reservado que revela su energía? ¿Tiene usted conmemoraciones?

La Fórmula

¿Esos arcos que brillan en la penumbra de su

Ser, y

atraviesan las cumbres de su mente?

Digame lector; ¿Tiene usted esos en su corazón?

¿Está usted listo para su "Alma Gemela"?

¿Puede usted dejarla entrar en su sueño...,

dejarla caminar a traves de la suave alfombra de

su Rivera,

y dejar que ella acaricie sus tiernas flores?

Si usted está listo, este saludo es para usted, de

este admirador que le da la inspiración, le da

propósito,

le da la dirección, y le da fuerza...

para comenzar de Nuevo, sin miedo al amor.

Recuerdos,

Vincent Sylvan

Capítulo Diez

Las Doce Parejas Perfectas

El príncipe descubrió que la "Melodía",
Era lo mejor de él,
Tambien lo mejor de la princesa,
Y esta Melodia ocurria...,
Porque cada cual se complementaba,
Con lo que el otro tenia...,
Le ofrecia...y, se satisfacia.

EN ESTE CAPÍTULO describo la debilidad y las fortalezas de cada signo individual. Por supuesto, es una descripción generalizada con el simple propósito de darle una idea de dónde deberá usted dirigir sus acciones. Mientras más se enfoque en un tema, más lo comprenderá; mientras más lo comprenda, más construirá en él; mientras más construya en su vida, mejor su vida será... ¡Como se supone que debe de ser!

Para la gente que está en, o cerca, de la cúspide, recuerden que ustedes también son influenciados por el signo más cercano al suyo en el día de su nacimiento. Por ejemplo: Si usted nació el 19 de Julio, es Cáncer pero con tendencias de Leo. Si usted nació el 25 de m

Marzo, usted es Aries pero con tendencias del signo de Piscis, y así sucesivamente.

Este libro le servirá como guía, para que usted

se prepare en relacion a sus necesidades personales con sólo un poco de trabajo y organizacion.

Su mision será establecer objetivos alcanzables, al nivel apropiado, se concentrara despues, "Colecionando" sus candidatos por orden de preferencia, examinándolos detenidamente. Este ejercicio le hará convertirse en un experto juzgando gente, y aumentará las probabilidades de encontrar a esa persona especial para usted en un corto período de tiempo. Créame, el esfuerzo que usted ponga en él ahora valdrá la pena cuando usted obtenga los resultados.

La belleza de las "Almas Gemelas" es que ellas se complementan entre sí. En algún tiempo, yo pensé que la debilidad de uno era complementada por la fortaleza del otro, pero después de analizar este concepto en una forma más filosófica, vengo a la siguiente conclusion;

No hay que buscar la debilidad, la debilidad no es nada más que un talento subdesarrollado. Lo que su "Alma Gemela" hace es introducir la

"Melodía" en su vida, disparando sus emociones felices en el proceso; y sus emociones le harán saber a su Alma que está perfectamente bien saborear los resultados de sus hechos y acciones.

Cuando su Alma se convenza de esta felicidad, ella se desarrollará y saldrá de su caparazón provocando a su mente a que se conecte con la inteligencia universal; por consecuencia, será posible que usted pueda alcanzar todas y cada una de las cosas que verdaderamente desea.

Esto es lo que las "Almas Gemelas" hacen; ellas sacan lo mejor de cada uno sin pensarlo o esforzarse en el proceso de sus acciones. Las naturalezas de las "Almas Gemelas" complementan las piezas faltantes; o para decirlo de otra forma, las "Almas Gemelas" ponen a funcionar las habilidades y talentos que todos nosotros tenemos, pero que están inactivos.

Las "Almas Gemelas" son dos mitades de una misma unidad; está en su estructura integrarse la una con la otra. No hay trabajo, dolor o frustración.

No, hay solamente felicidad y crecimiento. Mientras más feliz sea usted, más crecerá, y mientras más crece, más felicidad ellas acumularán. Mi "Alma Gemela" me decia a menudo: "Vincent, soy una mujer feliz. No creo que pueda ser más feliz de lo que ahora soy."

Mi respuesta era:

"Mi amor, la felicidad como todas las cosas en la vida, crece, y será muy natural que mañana seas más feliz que hoy."

Después de un tiempo, ella se dio cuenta que las fuerzas de la naturaleza hacen de nuestra felicidad un romance interminable y sin fin.

Ahora paso a describir las doce parejas perfectas.

A algunos de ustedes les parecerá extraño cuando se den cuenta cuál signo le corresponde a su candidato. La exclamación típica es: "Yo nunca he conocido a una persona de ese signo"; o el hombre dirá: "Prefiero un par de bonitas piernas, un cuerpo bello y una cara hermosa".

La respuesta aquí es..., usen mi fórmula y hagan

los ejercicios de evaluación; encuentren, examinen y arneen, encuentren otra vez y examinen un poco más, y vuelvan a arnear a sus candidates y así sucesivamente, hasta que ustedes encuentren el ritmo que compagine con el compañero perfecto. Una vez que usted rime con perfección y armonía, sabrá que esta persona es su tesoro de tesoros.

Una última advertencia, el hombre o la mujer para usted causara conflicto con sus expectativas actuales. La razón de ello es porque todos funcionamos usando un mecanismo de defensa.

Permítanme explicarme; Actuamos como si alguien nos fuera a lastimar o a causar dolor, así que buscamos nuestra zona de conforte, y no salimos de ella porque tenemos miedo de ser lastimados emocionalmente.

Con mis indicaciones usted debe buscar su signo apropiado, quizas este signo lo ara setir incomodo, quizás tenga la tendencia a huir de el; sin embargo, usted deberá al menos intentar mi fórmula para ver lo que sale de esta combinación entre usted y el individuo indicado. Inténtelo y verá cuál es el resultado. Yo creo que usted quedará gratamente sorprendido.

Las doce parejas perfectas quedan de la siguiente forma:

1. Hombre de Aries y mujer de Leo

El hombre de Aries es obstinado y determinado a conseguir su objetivo. Su perseverancia es asombrosa. Él ahuyentará mujeres de ciertos signos, porque estas no pueden con la transparente fuerza de su energía.

El es escrupulosamente fiel, y cuando se enamora, es para perdurar; pero asegúrese de mantener el romance vivo o este hombre seguirá su camino, en la busqueda a encontrar su doncella encantadora en otro lugar.

El hombre de Aries es tan apasionado como a cualquier mujer le gustaría; él es susceptible al sentimiento y idealista.

Él siempre llega al final del camino, no se queda

a la mitad. Él puede ser intolerante, irreflexivo, egoísta y pide mucho, cuando sus deseos y necesidades no son cumplidas. Él dará su tiempo, su dinero y sus posesiones para las causas justas.

A su romance le pone toda su energía, confianza, fidelidad, honestidad y pasión; su único error será quedarse "enganchado" de la mujer equivocada, una que no pueda absorber la intensidad y dedicación que este hombre pone en su relación.

Cuando la relación termina con una mujer que no pudo comprender su naturaleza y necesidades, él no creerá que ha roto su promesa; el pensará con certeza que fue ella quien lo hizo.

Por eso es que el hombre de Aries necesita a la mujer de Leo. Él no se quedará aprisionado sólo por cumplir una promesa. Él es un romántico empedernido y no tendrá relación física con más de una mujer a la vez. Si usted está pensando jugar con él y coquetear con otros hombres... ¡olvídelo! Este hombre es para conservarse y no puede soportar esta clase de frivolidad de parte de la mujer de sus sueños. Él insiste en ser el primero en su corazón. Él es celoso y posesivo y espera una fe ciega de parte de usted.

Él es rebelde y ama desafiar la autoridad; como el Carnero, embestirá su cabeza contra la pared hasta que lo la cosa salga a su forma. Él también cree que es más inteligente que los demás; tiene necesidad de liderazgo y se niega a seguir a otros. Esta última característica tiene tanta influencia en él que lo forzará a cometer errores en la elección de una compañera conveniente.

Tendrá tendencias a escoger una mujer que cumpla con estas características, pero después de estudiar sus fuerzas y sus debilidades, podemos concluir que este hombre tendrá tendencia a escojer los signos de Capricornio o Cáncer, los cuales son más susceptibles a sucumbir a sus necesidades de liderazgo.

Esto será un error, y también lo será con todos los otros signos, excepto con el de Leo. Él necesita a la "Leonesa" para que lo ayude con sus debilidades y lo anime a expandirse en sus talentos y abilidades.

La mujer de Leo es sentimental; probablemente ella guarda fotografías de sus ex-novios en su diario. Con la mayor probabilidad, ella será líder social de su grupo. Ella es encantadora, con una desarmante, vivacidad, inteligencia, belleza y atractivo sexual.

Esta mujer comprende al hombre de Aries y puede ayudarle a maximizar sus talentos. Ella podrá estar encolerizada y al mismo tiempo pretender ser dulce e inofensiva. Puede tambien permitirle a usted ser líder mientras ella le dirige a usted a hacer las cosas que ella quiere.

La astucia de Leo hará al hombre de Aries darse cuenta que hay más de una forma de hacer las cosas, por eso es que a él no le importará hacer lo que ella le sugiera de vez en cuando.

El hombre de Aries encontrará un mejor balance a su naturaleza con la Leonesa como compañera. Ella posee las necesidades de la realeza; cosas tribiales como "pasarse horas frente al espejo", "gastar una fortuna en cosméticos", joyería, artículos de belleza, vestidos de diseñador y materiales ricos; su gusto es usualmente excelente y caro.

Con su arrogante orgullo y melosa alegría, ella puede encantarlo hasta hacerlo perder la cabeza con fuerte determinución y salirse con la suya. En ciertas ocasiones, ella ronroneará y lo encantará más allá de sus sentidos, en lugar de rugir.

La Leonesa alterna entre ser energéticamente extrovertida y bellamente irrespetuosa. Esta señora tiene un gran talento para decirle a su compañero de Aries, con su aire de superioridad y altiva actitud, exactamente como deben de manejar sus vidas. Él reconocerá los talentos en ella y le permitirá dejar prevalecer sus ideas, mientras él admite que este no es un mundo de los hombres solo y que necesitamos de las mujeres, para complementar y maximizar nuestros potenciales.

Esto sucederá tan pronto el hombre de Aries se dé cuenta que la mujer de Leo es fuerte y digna de su confianza.

Esta es la belleza de tener una vida con su "Alma Gemela". Las "Almas Gemelas" se entienden una a la otra mejor que ellas mismas, y mientras más pasa el tiempo en la relación, mayor unidad y comprensión fluirá entre los dos.

Cuando los signos son compatibles, la mente, la energía, las emociones y sus necesidades, alimentarán al otro permitiendo a la confianza y a la armonía crecer.

2. Hombre de Tauro y mujer de Virgo

El hombre de Tauro es el "Toro". Usted puede identificarlo, por su actitud silenciosa y fuerte. Él es sólido, constante y no permite que su tranquilidad sea perturbada.

Al "Toro" le gusta estar solo. No lo moleste y él será su mejor amigo; presiónelo y él se ofenderá.

El hombre de Tauro tiene un instinto sexual

fuerte, y este aspecto de su naturaleza lo influenciará para encariñarse con el signo de Libra.

Puesto que el signo de Libra tiene el instinto sexual más fuerte en todo   el Horóscopo, hay una atracción muy fuerte entre los dos, pero Libra piensa con el lado derecho del cerebro y es muy poderosa intelectualmente.

Libra también puede realizar múltiples asignaciones al mismo tiempo, mientras que el Toro, permanece en "un solo carril". Ella lo irritara mucho por el cambio constante de tópicos en sus conversaciones.

La mujer de "Las Balanzas" se aburrirá mucho con la simplicidad del diálogo; ella necesita ser grandemente influenciada por la estimulación mental, así como por la actividad física del sexo.

El hombre de Tauro es de "cerebro izquierdo"; él solamente puede realizar una actividad a la vez y necesita completar la tarea en la que está involucrado antes de empezar otra.

La mujer de Libra, por otra parte, puede

manipular varias cosas al mismo tiempo. Ella contemplará cada aspecto de varios temas al mismo tiempo y tratará de ponerlos todos en equilibrio.

Puesto que el "Toro" nunca se da por vencido, y "Las Balanzas" tiene una gran renuencia a interrumpir la tarea antes de que el trabajo sea terminado, tienden a quedarse juntos aún cuando su relación no funciona. Esta señora se haría un gran favor terminando la relación, antes de que pasen quince o veinte años sin llegar a ningún lugar significante en su departamento romántico con el "Toro".

La mujer que compagina perfectamente al "Toro" está en el signo de Virgo. La palabra Virgo indica inexperiencia, virginidad y doncellez. A pesar de que ella es básicamente tímida, es también muy fuerte. Ella puede manejar la terquedad del "Toro" con los ojos cerrados y su determinación la ara ser una compañera perfecta para las necesidades de él.

Ella es práctica y romántica; comprende las

virtudes, necesidades de Tauro y se fusiona con él perfectamente, dándole la tranquilidad y el espacio que él necesita. Ella tiene una visión clara y descubrirá las mentiras que salgan de cualquier conversador meloso. Ella necesita la estabilidad del "Toro" para poder con su sentido del orden y de la eficiencia. Esto podría ser agotador para su compañero, pero el hombre de Tauro tiene la paciencia y la disposición de lidiar con su sentido del detalle. Ella, pocas veces admite estar equivocada. Estos dos signos se fusionarán como su naturaleza lo supone. No es solamente de importancia que un signo obtenga algo de la relación, sino también que el otro signo obtenga algo, sin esfuerzo, cambiando los malos hábitos o aspectos negativos de la personalidad de su compañero.

La mujer de Virgo es una mujer de negocios. Ella es también tradicionalista y aceptará la domesticidad del hombre de Tauro. Ella posee una disposición alegre que viene muy bien con la naturaleza obstinada de su hombre. Esta pareja se complementará y sacará lo mejor de cada uno para una vida feliz y armoniosa juntos.

3. El hombre de Géminis y la mujer de Libra

Los Géminis son gobernados por el planeta Mercurio. Él es, los "Gemelos" y ella, la "Balanza". Él es dos o tres personas en una sola, y ella tiene que mantener las cosas en equilibrio. ¿Puede usted imaginarse una mayor tarea para esta señora?

¡Esta es una pareja hecha en el cielo! Las otras parejas también han sido elaboradas en el cielo, pero estos dos signos son los más inciertos. ¡Pensar que el agitado hombre de Géminis, tendrá la paciencia de poder con el acto de equilibrio de la mujer de Libra! ¡Pensar que la mente estratégica de esta señora y su sentido del equilibrio y armonía, pondrá atención al impredecible espíritu del hombre de Géminis! ¡Pensar que esta pareja puede tener armonía celestial y confort como se supone que deben ser las parejas perfectas! Estos son pensamientos increíbles para estos dos, que uno tiene que ver para creer.

Pero... ¡funciona! Y funciona tan bien que me siento obligado a contarles la historia de "Los Ingenieros y la Abeja".

Había una vez un grupo de ingenieros que fueron contrutados por Las Fuerzas Armadas para tratar de inventar un vehículo que pudiera volar y mantenerse sobre un lugar particular. Los ingenieros trataron de encontrar la respuesta en las moscas y en los insectos que la Naturaleza había creado; y después de mucho deliberar, llegaron a la conclusión de que la cosa más apropiada para observar sería la abeja.

Ellos rápidamente fueron a estudiar y a disecar a este insecto; midieron el tamaño de las alas, el tamaño del cuerpo, la velocidad de las alas al moverse, el peso, la fuerza, etcétera. Después de mucho reflexionar, y inumerables calculus, todos los ingenieros acordaron que este insecto, debido a su talla, velocidad, peso, y todos los datos que les habían sido reportados... ¡no podía volar! La abeja, ignorando toda esta información, siguio volando!

Así es con esta pareja; el hombre de Géminis y la mujer de Libra no solamente pueden volar, sino que juntos se pueden mover a la velocidad del relampago.

Una de las cosas más irritantes que el hombre de Géminis puede tolerar es la falta de estímulo mental de su compañera. La mujer de Libra puede burlarlo, desarrollar una mejor estrategia en el tema en cuestión y mantenerlo "boquiabierto" en la conversación. Esto no desanimará a nuestro hombre, esto se convertirá en un reto para él para mejorarse a sí mismo, y estará listo y dispuesto a hacerle frente.

Ella se aburriría muy fácilmente con otros signos, pero el hombre de Géminis, con su doble o triple personalidad, la mantendrá entretenida toda su vida.

A pesar de que en la superficie estos dos signos

parecen estar destinados a fallar, en realidad se complementan muy bien. Él reconoce la debilidad de sí mismo mientras ve la fortaleza de ella. Él sabe que es inquieto y no puede evitarlo, pero es precavido y cuida de no caer al abismo dándole la bienvenida al acto de equilibrio de esta señora. Ella sabe que reflexiona demasiado y no lo puede evitar, por eso es que recibe de buena forma la velocidad y el poder de multiasignación de los Gemelos. Este hombre podría ser muy difícil y desagradable para otros signos, pero con nuestra señora él es un verdadero ser humano. Ella sacará de él cualidades que de otra forma permanecerían inactivas, debido a la frustración y autorreproche. Nuestra dama pondrá su confianza en él, porque finalmente ha encontrado a un hombre que pueda con su mente y mantenga el romance fluyendo, sin tener que comprometer su intelecto superior.

Esta pareja mantendrá sus intereses en movimiento y servirá de inspiración para toda la gente que se relacionan con ellos.

Hay una anécdota sobre un sargento de las Fuerzas Armadas que le dijo a sus tropas: "Hombres, ha pasado una semana desde que nos cambiamos la ropa interior; ya es tiempo de cambiarla otra vez. José, cámbiala por la de Lorenzo; y tú, Lorenzo, cámbiasela a Juan; y tú, Juan, cámbiasela a Pedro..."

Estos dos son tan vigorosos juntos, que cuando se jubilen, harán lo que describe la anécdota anterior; cambiarán su trabajo en sus carreras a la jubilación por una multitud de pasatiempos, o aún negocios que los mantendrán más ocupados que nunca.

4. Hombre de Cáncer y mujer de Escorpión

El hombre de Cáncer, es el "Cangrejo"; es suave de corazón. Tanto como tiene para dar, lo distribuirá a otros sabiamente. El hombre de Cáncer no se arriesga, rara vez apostará, y si las cosas le salen mal, se sentirá miserable en lugar de culpar a la mala suerte e intentar de nuevo. Se llevará algo de tiempo antes de que él decida aprovechar otra oportunidad. El hombre de Cáncer es una persona a la que le gusta preocuparse. No importa cuánta riqueza tenga en la reserva, él nunca creerá que es suficiente. Él Almacenará comida pensando que quizá la pueda necesitar en veinte años; piensa con tanta anticipación mientras recuerda las catástrofes del mundo, así él podrá estar preparado cuando sobrevenga el desastre.

La mujer de Escorpión es una chica poco femenina que se lamenta de no haber nacido hombre. Su atractivo es de una profunda y misteriosa belleza. Ella controlará su deseo de dominar, pero presionará a su hombre para que éste mantenga la "pelota rodando". Por eso es que estos dos son perfectos el uno para el otro. Cuando Cáncer se preocupa demasiado, la Escorpión lo saca adelante.

Con su sexto sentido de leer la mente de las otras personas, ella puede darse cuenta cuando su hombre necesita algo de persuasión para superar los tiempos de depresión. Él es sereno e impasible; ella es fuego intenso (sobretodo cuando está molesta).

Ella lo necesita a el para calmar la situación y traer la vida de nuevo en balance, de otra forma alguien podría resultar lastimado. Es muy bien sabido que los escorpiones son vengativos. Usted no querrá tener el desprecio de esta mujer.

Ella peleará ferozmente con su hombre en privado, pero lo defenderá ciegamente en público. A ambos les gusta disfrutar del hogar, y ella lo mantendrá limpio e impecable. Ésta es mujer de un solo hombre, así que "pobre" de usted si se encapricha con otra mujer.

De nuevo, está es la razón por la cual estos dos signos se complementan uno al otro; él es sereno y ella le puede dar toda la pasión que él necesita. Ella lo necesita para impedir que sus emociones incendien los alrededores.

Cuando él esté melancólico, ella lo animará con

su encanto, con su lengua aguda y su análisis cruel. Ella será posesiva, pero no querrá ser controlada o poseída; él no es un tipo posesivo, y de nuevo, esta cualidad mantendrá las cosas en equilibrio.

Sus poderes de observación son magníficas, y tiene la habilidad de meditar. Ella no se interesará en él por su valor nominal, sino que investigará al candidato, para asegurarse de que todo es lo que parece. Los signos del elemento de "Aire" sentirán claustrofobia con este signo, pero nuestro hombre de Cáncer se sentirá como un principe, con esta mujer y todas sus cualidades.

5. Hombre de Leo y mujer de Sagitario

El hombre de Leo es el "León", la realeza y el sentido de gobernar; su arrogante orgullo y gran alegría gobierna la mente de este hombre. Manténgalo de buen humor y él será su amigo. Él siente que tiene el derecho de gobernar a sus amigos y parientes. Quítele algo que él piense que le pertenece, o no le demuestre ningún respeto y entonces él rugirá encolerizado. Él tendrá la inclinación de mirarlo a usted despectivamente como un simple mortal; el no puede dejar de sentirse superior y de comportarse dramáticamente.

Él es extremadamente astuto y rara vez perderá su tiempo por una causa perdida. Esta es la razón por la cual los signos más obstinados: Tauro, Capricornio, Virgo, Escorpión o Piscis, no son los signos para una relación con este príncipe royal.

La mujer perfecta para nuestro hombre está en el signo de Sagitario. Ella lanzará indirectas a todos, y de vez en cuando se "pasará de la raya"; pero nuestro hombre no le dará demasiada importancia, y con su capacidad condescendiente de rey, él enseñará a esta señora, a cuidar sus comentarios irresponsables cuando sea necesario.

La mujer de Sagitario estará libre de mala voluntad, a menos que usted infrinja las leyes de la naturaleza y escoja oro sobre amor, o elija dinero en vez de vida.

Conozco a una señora que lanzó cinco mil dólares en la tumba de su esposo, a la vez que decía: "¿Querías dinero? ¡Aquí está! ¡Tómalo para que comiences tu nueva vida!" Ella estaba enojada porque él tuvo un ataque al corazón, y murió como resultado de la preocupación de perder su fortuna cuando el mercado inmobiliario se vino abajo.

Con Leo, esta señora no habría tenido ningún problema, ya que su compañero de Leo se hubiera lamido su cola, durante una semana, tratando de curar su dignidad herida, pero eventualmente, habría ideado una estrategia para salir de la situación y comenzar de nuevo con algo más productivo, en lugar de ser obstinado y undirse con su barco.

La mujer de Sagitario no siempre va a decir las cosas que nuestro príncipe anhela; no obstante, ella es perfecta para él. Ella no vacilará en decir lo que necesita ser dicho y su aureola the principe no la detendrá.

Él se puede emocionar por lo bien que va su

negocio, pero sólo la oiría decir: "Torres más grandes cayeron a sus rodillas. No te confíes tanto que te puedes caer del pedestal".

En otra ocasión, cuando las cosas no le estén saliendo tan bien en su trabajo, ella le lanzará una observación como, "¡Es asombroso cómo alguna gente se ahoga en un vaso de agua!" Directo al punto y sin ningún drama o emociones.

Esta señora nunca le mentirá a nuestro hombre, aunque él a veces desee que así sea.

Cuando ocurran esas observaciones, el hombre de Leo no le deberá rugir. Si él siente ganas de gritarle, de hablarle con severidad o simplemente quejarse de sus observaciones, sería sabio de el que se refrenara.

Ella puede experimentar una rabia ardiente con el simple chasquido de sus dedos, y le dirá a él todo lo que ella realmente siente; él deberá oírla. Ella le estará haciendo un favor, corrigiendo su disposición arrogante o débil, porque ella ve el mundo de la forma que es. Es nuestro hombre el que goza al engañarse con fantasías.

Esta señora puede hacer frente a su "alteza real" sin siquiera pensar en ello, porque está en su naturaleza, y su forma de ser.

Nuestro amigo "León" deberá estar bien asesorado, y tomar a esta mujer para una relación duradera, pero esto no le será fácil; él necesitará todo el encanto que pueda tener para ponerle a ella el anillo en el dedo, e incluso entonces, el contrato de matrimonio no será cosa segura hasta que él oiga de sus labios las palabras, "si, acepto", frente al altar.

La "Novia Fugitiva" probablemente era de este signo.

Las mujeres de Sagitario, son muy independientes y piensan que no necesitan a nadie por mucho tiempo, en el departamento romántico; después de todo, ella no puede cumplir con todas las citas e invitaciones del reino masculino. Ella puede construir su propia vida y ser feliz viviendo sola.

Cuando usted quiera obtener algo de ella, por favor, no la manipule, no le ordene ni le diga simplemente por decirle; usted deberá pedírselo de forma muy agradable y amable. Ella disfruta sentirse protegida, pero le disgusta recibir órdenes. Este aspecto de su personalidad, también mantendrá a nuestro Rey, bajo control y en equilibrio consigo mismo.

Los reyes, los presidents, y los primeros ministros, necesitan a consejeros y asesores que les den un diverso punto de vista, pero éstos son a veces muy cautelosos en sus declaraciones puesto que no quieren comprometer su posición o trabajo. Estas declaraciones corteses pueden ser muy vagas, y pueden agregar confusión a una situación complicada y confusa.

Con esta señora no hay posibilidad de confundirse, el blanco es blanco y el negro es negro, y si el tópico tiene una sombra de color gris, ella se lo dirá tal cual es; nunca disminuirá, o acentuará el color del tema solamente para agradarle a usted. Nuestra señora no puede soportar los celos y es difícil de atrapar; él tendrá que ser afectivo, romántico y con disposición cariñosa. Todas estas cualidades son un deber, para que ella acepte pararse frente al altar. Él demandará el centro del escenario y a ella no le molestará. Él no sería feliz con una esposa exigente, pero la mujer de Sagitario no es una que crea en la dominación de su cónyuge.

Nuestra mujer tiene una personalidad magnética que le conseguirá muchos amigos, que alternadamente, atraerán una gran audiencia alrededor de nuestro rey. Estos dos signos son perfectos el uno para el otro, y vivirán una vida maravillosa juntos, llena de romance y felicidad.

6. Hombre de Virgo y mujer de Capricornio

El hombre de Virgo no es el más romántico de los signos del horoscopo; este hombre es práctico y hace poco uso del romance, o del sentimentalismo.

Él necesita un signo en el departamento femenino, que sea capaz de hacer frente a su serenidad en el romance, y al mismo tiempo, que pueda demostrarle las ventajas de tener una familia y alguien a quien amar. Este hombre es paranoico de los detalles y de la vida organizada; este es el hombre que debe tener sus toallas en el cuarto de baño, colgadas en la posición correcta. Él anhela el intelecto, y rompe los corazones de las señoras románticas, con su forma fría de coquetear. Él es tímido en el fondo, pero lo disfraza con su amor frio.

La mujer para este hombre se encuentra en el signo de Capricornio. Ella es obstinada y con determinación férrea para conseguir a su hombre. Ella busca un hombre que sea importante, o con aspiraciones, y que la haga sentir orgullosa. El comportamiento frio de este hombre, no la disuadirá de lograr ella su objetivo.

Las mujeres de Capricornio vienen en muchas formas, pero una cosa que estas señoras tienen en común, es la determinación constante para conseguir a su hombre. Este hombre es el que ellas piensan que es importante o que tiene el potencial para llegar a ser importante y famoso. Muchas capricornianas son mujeres de éxito; sus objetivos son la seguridad, la posición, la autoridad y el respeto de sus colegas en sus carreras.

Ella está en el signo que es perfecto para el hombre de Virgo, porque lo dirigirá con sugerencias agradables, para conseguir que él se apegue a sus objetivos con determinación, para una realización acertada de sus proyectos. Ella lo mantendrá con los pies sobre la tierra, en lugar de permitirle subirse a la "rueda de la fortuna", como es su naturaleza. Ella quiere que este hombre sea famoso, y lo motivará a salir adelante en tiempos de indecisión. Ella no le permitirá jugar demasiado, descuidar su trabajo, o no poner esmero en sus proyectos. Ella tiene un sentido natural del equilibrio y de la armonía, porque sabe lo que es agradable, lo que es correcto o incorrecto.

Estos dos signos son perfectos el uno para el otro; sin embargo, la mujer de Capricornio se inclinará hacia al hombre de Géminis, por la razón de que éstos son inquietos e ingeniosos y nunca dejarán para mañana lo que puedan hacer hoy. El geminiano da a todos la impresión de estar al borde de la esquizofrenia, pero él es muy inventivo y ella ve mucho potencial en su actividad, en su trabajo y proyectos que él realiza constantemente. La mujer de Capricornio es a veces la reencarnación de la "Madre Teresa"; ella ve el mundo como debería de ser, en lugar de verlo tal cual es; es idealista por naturaleza y su sentido de la perfección es representado en su signo por la Cabra, que es un animal que sube más y más alto todo el tiempo. Su sentido de la precisión y la exactitud reunirá a estos dos signos, y será de gran ayuda en situaciones extremas.

El hombre de Virgo no es muy apasionado en el departamento romántico y nuestra señora no requiere una gran cantidad de pasión física; su pasión verdadera se encuentra en su familia, sus discusiones altamente intelectuales, y la dedicación en sus profesion.

Al hombre de Virgo, le gusta mantener sus cosas perfectamente organizadas y ordenadas, pero a nuestra señora no le importará esta paranoia en los detalles, aunque este aspecto alejaría a otros signos. Ella es paciente y resuelta, y él no tendrá oportunidad de escapar de las campanas de boda. Disfrutarán de una vida feliz juntos y pondrán en evidencia lo mejor de cada uno.

7. Hombre de Libra y mujer de Acuario

Con su naturaleza dulce, disposición encantadora e intelecto superior, el hombre de Libra necesita a una mujer para ayudarlo a escalar posiciones. Esta mujer tendrá que hacer frente a su ego arrogante y ponerlo en su lugar sin pensarlo dos veces. La mujer mejor calificada para esta tarea está en el signo de Acuario. Ella es intelectual y de vez en cuando le enseñará un par de lecciones a el.

Ella será capaz de ver a través de sus interpretaciones encantadoras, cuando él esté sobre alguna demanda irrazonable. Ella lo dejará ganar la batalla para poder ganar la guerra y poner a este mimado hombre en su lugar. En el departamento sexual ella mantendrá las cosas en equilibrio. (El hombre de Libra será proclive a engancharse con el signo de Tauro; la razón es por que los signos de Tauro y Libra están altamente motivados por el sexo, y la intensidad es tal que nubla su visión y los hace pensar que eso es amor).

La mujer de Acuario necesita al hombre de Libra.

Ella piensa que es muy inteligente y se inclina a corregir a la gente incompetente, especialmente al hombre que debe gobernar su corazón. Él es inquieto, pero rara vez tiene prisa; esto tiende a confundir a la gente a su alrededor, pero esta situación lo sorprende a él mismo tanto como a los otros. Él comparará su ingenio con ella y le demostrará una nueva forma o dos. La mujer de

Acuario es una paradoja; ella es imprevisible, emprendedora, intelectual, autosuficiente e independiente. Con el hombre de Libra como compañero, estos dos se alimentarán, fortalecerán sus debilidades individuales y mutuamente equilibrarán la naturaleza del otro. Este par describe mejor la importancia del porqué las parejas deben ser intelectualmente compatibles. Conforme perdemos nuestra juventud con la edad, la importancia de poder comunicarnos con el otro y satisfacer nuestras necesidades mentales, es de mayor importancia. Este par tienen una gran necesidad de ser intelectualmente satisfechos cuando son jovenes, y conforme envejecen, la necesidad se acentuará y llegará a ser más necesaria de satisfacer.

8. Hombre de Escorpión y mujer de Piscis

El hombre de Escorpión tiene un cuerpo fuerte; él es apasionado con la intensidad de un volcán, pero es también tranquilo y constante. Este hombre le dará la impresión de ser frío y reservado, pero es porque él puede mantener sus emociones ocultas por un tiempo indefinido. Su cantidad de pasión y de razón abrumará a otros signos, excepto al signo de Piscis.

La mujer de Piscis, es una que todos los hombres se pueden enamorar de ella. Su debil presencia, recatada e indefensa apariencia, derretirá la fría disposicion del hombre de Escorpión; su fe y confianza en él lo harán bajar sus autoritarias defensas, y ella no tendrá ningún deseo de dominarlo de ninguna forma. A él le gustará sentir esta falta de deseo de controlarlo por parte de ella.

Él carece de formas seductivas, pero le dará toda la protección que ella está buscando y más. Él es filosófico y muy inteligente; ella es deliciosa, femenina y nunca lo culpará por equivocarse. Su pasión e intensidad asustará a la mayoría de las mujeres, pero nuestro Pez será capaz de lidiar con eso. En comodidad total, ella se adaptará a las situaciones conflictivas y lo cautivará como a una mariposa. Estos dos son perfectos juntos.

9. Hombre de Sagitario y mujer de Aries

Encontrar a un hombre de Sagitario es fácil, sólo tiene usted que buscar al individuo que se pasa de impertinente. Él le dirá cosas como: ¿Por qué es usted tan bajita? ¿No tiene sensación de paranoia sobre su estatura? Después, él continuará con otro comentario tan imprudente como el anterior: "De hecho, me gustan las mujeres bajitas; son más activas y potentes".

No tiene caso enojarse con este hombre, él está totalmente libre de malicia; él solamente dice lo que ve. Él echará "más sal a la herida" tratando de disculparse. No se moleste con él o se sienta ofendida; él no tuvo la intención de hacerla sentir mal.

Él no necesita su compasión. Él es inteligente, y trabajador, su energía hará a otros signos palidecer en la comparación. Él necesita a una mujer de Aries. Ella es una dínamo de carga eléctrica, totalmente capaz de hacer frente a la energía de este hombre. Ella no quiere a un hombre dominante, y nuestro hombre no lo es. Su rasgo negativo es intentar controlar a su compañero, pero el Sagitario no tiene ningún tiempo para juegos. Él ama la velocidad, los coches rápidos y los aviones veloces. Lo atrae el peligro y tomará riesgos que otros creen que no son necesarios. Le gusta apostar su dinero; es cálido y maravilloso en las relaciones amorosas, pero cuando se menciona la palabra matrimonio, él graciosamente cambia de tema.

Los hombres de Sagitario son difíciles de llevar al altar. Usted tendrá que reinventarse y crear un panorama romántico estupendo para lograr que él se comprometa con usted.

La mujer de Aries se complementará perfectamente con nuestro hombre, y se cerciorará de que sus finanzas estén en orden.

Ella es muy romántica, necesita al héroe de sus sueños; y el Arquero será su Sir Lancelot, disfrazado con la disposición de un payaso. Ella le enseñará a lanzar sus flechas al mínimo. La energía de esta mujer complementará la energía de nuestro Arquero. (Las mujeres de Aries tienden a sentirse atraídas hacia el "polo opuesto" que está en el signo de Libra. El signo de Libra es demasiado mental para ellas y demasiado pasivo físicamente). Esta mujer es persistente y obstinada; no sabe cuándo ha perdido y puede seguir luchando aún cuando sus soldados hayan huido del campo de batalla. Ella necesita a su Arquero que la haga entrar en razón en esas ocasiones, y para hacerla entender que el mundo sigue girando, aunque ella no sea la que le da las vueltas. Él tiene la paciencia para hacerla entender y al mismo tiempo disfruta hacerlo.

Este par son los compañeros perfectos porque reconstruyen sus fuerzas y ayudarán el uno al otro a disminuir sus debilidades.

10. Hombre de Capricornio y mujer de Tauro

El hombre de Capricornio es obstinado, fuerte y resistente. Él es también otro tipo the Jesucristo, (necesita salvar a la gente menos afortunada). A él le gusta su mundo social para estar en armonía y puede ayudar al necesitado aún más allá de sus medios. El hombre de Capricornio cortejará el éxito; le gusta admirar a sus colegas que han logrado sus metas. Él honra la tradición y le gusta echar raíces en su lugar de residencia. Este hombre es un buscador de realidades, y no dejará que sus emociones se atraviesen en el camino de sus objetivos. En secreto, él anhela el reconocimiento y la admiración, pero pretenderá que la adulación no le es importante. Él es un "escalador social", tambien le dará a usted el beneficio de la duda, contra sus fuertes creencias, pero al final sabe que él tiene la razón.

Algunos capricornianos son deliciosamente románticos y buenos narradores. Esta faceta de su carácter es muy necesaria para la mujer de su primera opción, que se encuentra en el signo de Tauro. Ella es fría y metódica, y su candor será bien recibido por este hombre, ya que ella trae al equipo la factibilidad y la astucia de que él carece. Él deberá anadir el fuego y la pasion para mantener la unión, ya que ella será fría si él no le da su completa devoción. (Su intensidad sexual la apresurará a sentirse atraída hacia el signo de Libra; lo cual podría resultar en un terrible error, como mencioné antes, porque Libra es un signo del elemento Aire, y como tal, él es intelectual y puede desarrollar varias actividades a la vez). La mujer de Tauro piensa con la parte izquierda de su cerebro y es de mentalidad simple, (una cosa a la vez), persistente, y no se desviará del tema que lleva entre manos.

El Toro necesita a la Cabra para una comprensión armoniosa. Esta mujer es inteligente y tiene los pies bien plantados sobre terreno firme, lo cual queda perfecto con Capricornio. Ella presionará a este hombre a ser práctico, de lo contrario, el será poseido de su "Síndrome de Madre Teresa".

Ambos son signos del elemento Tierra, pero ella obtiene la vibración de la Madre Tierra, más intensamente. Ella es poco femenina en el fondo, quizás porque la Madre Tierra, la ha señalado con una llamada seductiva para ponerla en armonía con su Naturaleza. Estos dos signos son caracteres fuertes, y juntos crecerán con uniformidad, perseverancia y determinación; o sea, se alimentarán mutuamente.

11. Hombre de Acuario y mujer de Géminis

El hombre de Acuario está en el grupo de los signos del elemento Aire. Al igual que todos en el horóscopo, él necesita una mujer que esté también en su grupo, por lo tanto su compañera deberá ser también un signo del elemento Aire. La mujer perfecta, de los tres signos, es la mujer de Géminis. La mujer de Acuario es muy parecida a él, por lo tanto ella no tendrá la capacidad de ayudarlo a fortalecer sus debilidades y quizás le pueda alimentar su ego más de lo necesario. Él es un intelectual con actitud condescendiente, razón por la cuál es muy inteligente; su mente es extraordinaria y él lo sabe, también le gusta que el mundo lo sepa. (La mujer de Libra es también intelectual, pero ella se aburrirá con el juego de nuestro hombre). Por su propio bien, él necesita una mujer que pueda compaginar con su inteligencia, pero al mismo tiempo, que tenga la habilidad de ponerlo en su lugar cuando se salga de control. Sin la mujer correcta, él se equivocará muy a menudo y estará totalmente convencido de estar en lo correcto. Este es un hombre que es humanitario. Le gusta la gente, tener muchos amigos para relacionarse con ellos. Sus intereses son muchos y su amor a la gente es impersonal. Lo último que este hombre necesita es a alguien "colgándose de su abrigo" todo el tiempo.

La mujer de Géminis tiene una personalidad

doble y misteriosa, que hará girar a nuestro hombre con un chasquido de sus dedos. Para alguna gente, ella podrá parecer esquizofrénica algunas veces.

A nuestro hombre no le gusta revelar sus verdaderos sentimientos, pero le gusta descubrir los sentimientos de otros. Su intelecto lo inducirá a jugar con las emociones y sentimientos de otros, sin ninguna otra razón más que para confundirlos y poder así esconder su verdadera forma de pensar... cosa que él disfrutará. La mujer de Géminis ve a través de esto. Ella debatirá con su "gemelo" y llegará a la conclusión con tal velocidad que, cuando él reciba la respuesta de ella, veinte segundos más tarde, seguramente lo confundira. Él pensará: "¡No es posible que ella me haya entendido!", ó... "¡No es posible que ella haya evaluado mi pregunta y tenga una respuesta definitiva tan pronto! Esa era una pregunta difícil que toma a un ser humano normal al menos veinticuatro horas para digerir, sin importar concluir con la respuesta apropiada ... pero la respuesta que ella me ha dado parece tener sentido".

La mujer de Géminis es independiente y perfecta para nuestro hombre en cada aspecto; individualidad, auto disposición y apertura a las cosas importantes. Ella se preocupa por su hombre al extremo, pero no entrará en conflicto con su espacio. Ella le dará lugar para operar y después lo hará girar (apropiadamente establecido en su refugio) y a él le encantará.

A este hombre le gusta la intriga y ella despertará su interés por su propia naturaleza. Ella no es una mujer ordinaria, y él anhela descubrir qué hay detrás de lo desconocido.

Si usted pregunta a diez personas diferentes que hayan conocido a esta mujer, que le den su opinión sobre ella, usted obtendrá diez versiones diferentes.

Esta mujer tiene la habilidad de desarrollar varias actividades al mismo tiempo, puede ser una compañía muy animada y conversar con él inteligentemente sobre cualquier tema.

Nuestra mujer es una verdadera romántica, pero le gusta que todos piensen lo contrario. Ella anhela encontrar al hombre perfecto, pero ese hombre tiene que ser atrevido para poder lidiar con sus diferentes personalidades. Ella puede darse cuenta fácilmente de conspiraciones de otros y no tendrá ninguna dificultad de ver a través de las complejidades de su mente. Él no es el mejor jugador, pero nuestra mujer lo mantendrá enfocado y en el objetivo para concentrarse más en su equipo, y dejar el resto del mundo para que otros lo arreglen.

12. Hombre de Piscis y mujer de Cáncer

Este hombre no es débil; simplemente se entretiene demasiado mirando la estrella de su suerte. Él es emocional y romántico; un soñador en el fondo. Él es un buen candidato para alguien que tenga problemas y necesite un "paño de lágrimas", para desahogarse y descargar su frustración. Los "bármanes" (cantineros) están generalmente en el signo de Piscis; su capacidad de escuchar los problemas de otros, es asombrosa.

El Pez es sensible y necesita ser más práctico y menos soñador. Él es artista y poeta en el fondo, maestro de la sátira, aficionado de la discusión, ama la naturaleza, tiene aspiraciones ardientes para continuar con sus sueños. Nuestro hombre necesita a la mujer apacible que lo regrese a la tierra y lo ayude a ser más práctico.

La mujer que mejor se ajusta a éste está en el signo de Cáncer. Para esta mujer el dinero puede ser su tema preferido de conversación, pero ella no pensará que él es menos hombre por no tenerlo. Ella es dulce y tímida, especialmente durante luna llena. Ella puede escribir poemas o componer canciones y no le gusta ser criticada. Ella es más sensible a las críticas y a las burlas que la mayoría de la gente; por eso es que ella entiende mejor al hombre de Piscis. Ella no busca los reflectors, ni ser el centro de atención de la gente, pero ella le hará sentir emociones sin siquiera pensarlo. Ella se colgará de las cosas materiales e influenciará a nuestro hombre, para que convierta sus sueños en una realidad. Su corazón es suave hasta la médula, y él necesita eso. Demasiada presión o demasiada urgencia para traer alimento al hogar, puede llevar a nuestro hombre a una depresión, ya que él es susceptible de ser lastimado fácilmente. ¡La mujer de Cáncer es para casarse, no para una relacion pasajera! Ella amará, honrará y obedecerá a su hombre. No deberá jugar con ella, ni tampoco deberá usted tener inseguridades sobre el compromiso. Cuando ella posee a un hombre, es para conservarlo ¡Es para siempre! Ella es encantadora con su hombre. El Pez necesita esto, y él conseguirá producir mucho más rápido con esta mujer a su lado que con cualquier otro signo. Con su poder de persuasión ella logrará que él termine sus proyectos (y que consiga dinero en efectivo al mismo tiempo).

Como usted pudo haber notado, con todas las

doce parejas, la perfección del hombre y de la mujer viene de la interacción de las cualidades de uno complementando las cualidades del otro. La palabra clave aquí es complemento.

El diccionario de define la palabra "Complemento" como: "Una cosa que aporta características extras a algo o a alguien, que lo realza o lo mejora; la cantidad de magia que una persona le trae a la otra para complementarla; añadir en una forma que realza o mejora".

Y eso es exactamente lo que los atributos de cada pareja perfecta hacen por el otro, sin tener que pensarlo siquiera. Se les da naturalmente. Usted no dé mi palabra por hecho. ¡Inténtelo!

Las Doce Parejas Perfectas

1. Hombre de Aries y mujer de Leo
2. Hombre de Tauro y mujer de Virgo
3. Hombre de Géminis y mujer de Libra
4. Hombre de Cáncer y mujer de Escorpión
5. Hombre de Leo y mujer de Sagitario
6. Hombre de Virgo y mujer de Capricornio
7. Hombre de Libra y mujer de Acuario
8. Hombre de Escorpión y mujer de Piscis
9. Hombre de Sagitario y mujer de Aries
10. Hombre de Capricornio y mujer de Tauro
11. Hombre de Acuario y mujer de Géminis
12. Hombre de Piscis y mujer de Cáncer

Capítulo Once

Los Polos Opuestos
Y
La "Piedra de Toque"

Un día, mientras que en su búsqueda,
El príncipe encontro a una doncella,
Quien el zapato le ajustaba.
Tenía una naturaleza parecida,
Con un ingenio intelectual.
Algunos soldados decian, "Es ella!"
Mas, el príncipe su tema,
Habia bien estudiado,
Esta no era Cenicienta, por supuesto,
Mas, al mirar detenidamente,
Supo que ella realmente era, su "Polo Opuesto".

Los Polos Opuestos Y
La "Piedra de Toque"

"Los Polos Opuestos"

LA GENTE TIENE LA TENDENCIA de casarse con su "Polo Opuesto"; lo cual es un error enorme, por eso es tan importante que usted pueda identificarlo.

¿Qué es el "Polo Opuesto"? El "Polo Opuesto" es una persona, que pertenece a un grupo diferente, pero cuyos elementos interactúan con los elementos del grupo de usted.

Los signos se encuentran seis meses aparte, en vez de cuatro, y por esta razón, se atraen naturalmente el uno al otro; es como los polos de una corriente eléctrica.

Como en la electricidad, los "Polos Opuestos" pueden ser mortals, si usted va en busca de su "Alma Gemela", sin el conocimiento y las herramientas apropiadas.

He visto muchos matrimonios de personas que siempre dicen lo mismo: "Algunas veces tenemos ratos fantásticos, pero otras, no soportamos siquiera vernos".

Su "Polo Opuesto" le mantendrá ejercitado... arriba y abajo. ¿Usted lo ama o lo odia? Nunca lo

Los Polos Opuestos Y
La "Piedra de Toque"

sabrá con certeza.

Yo llamo éstas relaciones "Campo de Entrene;" ¿por qué? Porque con su "Polo Opuesto" usted tendrá acceso a sus emociones como con ningún otro signo... arriba y abajo como en la "Rueda de la Fortuna".

Él dice blanco y ella dice negro (ni verde ni rojo), porque ella es el "Polo Opuesto" y no lo puede evitar.

A uno le gusta madrugar, al otro le gusta vivir de noche. El "Polo Opuesto" es bueno, para nuestra vida emocional, cuando somos jovenes. A esa edad hace falta entrenamiento, y es cuando nos deberíamos relacionar con el "Polo Opuesto"... eso es, si usted es un explorador y no se opone a tomar su vida en sus propias manos, con el riesgo de perderla en cualquier momento.

Los "Polos Opuestos" experimentarán amor y pasión, también dolor y frustacion. Ellos nunca experimentarán el éxtasis, como con el "Alma Gemela".

Cuando envejezcamos, esa clase de pasión entre los "Polos Opuestos" disminuira' y la relación se volverá muy difícil, porque usted no necesitará más el "Entrenamiento". Usted buscará entonces mas paz y tranquilidad, pero las naturalezas bipolares estarán compitiendo todo el tiempo.

Los Polos Opuestos Y
La "Piedra de Toque"

Su "Polo Opuesto" se encuentra en el signo que está a seis meses de distancia del suyo, y tiene un elemento que se mezcla con el propio elemento de usted, pero que no es su elemento. Tenemos solamente dos grupos de Polos Opuestos; es decir, de los cuatro grupos de elementos, dos grupos se relacionan entre ellos mismos, pero no con los otros dos grupos.

Por ejemplo, el elemento Agua se mezclará con Tierra, pero no con Aire o Fuego; y el elemento Tierra se mezclará con Agua, pero no con Aire o Fuego. Lo mismo pasa con los elementos Aire y Fuego; ellos se mezclan el uno con el otro, pero no con los otros dos signos.

Su "Alma Gemela" está en el mismo grupo en el cual se encuentra usted; por lo tanto, si usted es Fuego, entonces ella también será Fuego; si usted es Agua entonces ella será también Agua, y así sucesivamente). El opuesto de Fuego será Aire y viceversa; el opuesto del elemento Agua será Tierra y viceversa.

Como mencioné antes, hay muchas personas que equivocadamente se casan con su Polo Opuesto. Sus vidas nunca serán aburridas, pero a diferencia de la compenetración de las "Almas Gemelas", estos dos nunca experimentarán el sentido de equilibrio y armonía que las "Almas Gemelas" se proporcionan

Los Polos Opuestos Y
La "Piedra de Toque"

mutuamente.

Es importante notar, que la razón por la que la gente se siente atraída hacia su "Polo Opuesto", al punto de casarse con ellos, es porque esta gente siente su naturaleza; es más receptiva a sus sentidos y está más en sintonía con sus sentimientos.

¿Por qué nos sentimos atraídos hacia nuestro "Polo Opuesto"? Está en nuestra naturaleza.

Como en la Electricidad o el Magnetismo, el polo positivo busca al polo negativo; así es como los "Polos Opuestos" encuentran una fuerte atracción hacia el otro; tambien le sigue a esto la frustración de no poder completar el "paquete".

Tengo que admirar a la gente que se sumerge en esta situación una y otra vez, seguros de que la respuesta está a la vuelta de la esquina.

Si el individuo tiene el "Sentido comun" de parar esta relacion, entonces, este individuo tendrá una tarea fácil identificando a su "Alma Gemela".

Puesto simplemente, este individuo habrá estado en la escuela y se habrá graduado con diplomas.

A diferencia del "Alma Gemela", (que creo que hay solamente una en el mundo entero para cada persona) usted puede tener muchos "Polos Opuestos".

Ellos serán más efectivos mientras más cercano

Los Polos Opuestos Y
La "Piedra de Toque"

esté el día del nacimiento de ellos, al día del nacimiento de usted, y seis meses aparte. Mientras más cerca esté su "Polo Opuesto" al día de nacimiento suyo, éste será más efectivo para lo siguiente:

1. Para traer opinion a conversaciones con usted, a las cuales otros seres humanos nunca pondrían ninguna atención. Usted no lo puede ignorar. Usted tiene que debatir esta situación con esta persona a toda costa, y discutirá por horas si es necesario (y usted siempre pensará que es necesario).

2. Cuando usted regresa feliz a casa después de haber logrado grandes cosas, su "Polo Opuesto" derribará cualquier ilusión de grandeza que usted... pobre de usted... quizás haya parecido contemplar.

3. Cuando usted esté molesto con su "Polo Opuesto", este le demostrará que usted está equivocado y empezará a "romancearlo" de nuevo para traerlo de regreso a una relación "normal".

4. Cuando usted esté desesperado porque su negocio va mal, su "Polo Opuesto" le demostrará que usted es un debilucho y que el problema con usted es que se está ahogando en un vaso de

Los Polos Opuestos Y
La "Piedra de Toque"

agua.

5. Cuando su negocio va muy bien, y usted está feliz, extasiado y volando alto, su "Polo Opuesto" lo traerá de regreso a la realidad y lo atará a la tierra, presentándole situaciones que le pudieran ocurrir; tanto que usted desearía nunca haber abierto la boca.

Los "Polos Opuestos" encuentran que la felicidad está en un campo de batalla, en el cual se entienden; sin embargo, sienten la necesidad de accionar la naturaleza y emociones del otro en aras del ejercicio.

Si les preguntaran a ellos porqué provocan así a su compañero, quizás contestarían con un... "¡El diablo me hizo hacerlo!" Puede haber una cierta verdad en esta declaración, pues es mi creencia que nuestro Creador nos hizo con el fin de desarrollarnos a nosotros mismos, nuestras emociones, mentes y cuerpos.

Esto llega a ser más visible cuando observamos a nuestro "Polo Opuesto". La verdad es que está en sus naturalezas el provocarnos.

Me gusta comparar a los "Polos Opuestos" con un Campamento Militar para entrenamiento de soldados. Así es exactamente con esta relación, un Campamento Militar para desarrollar las emociones del otro, en el tema del amor.

Los Polos Opuestos Y
La "Piedra de Toque"

La atracción hacia el "Polo Opuesto", es el resultado de realización de nuestros instintos para desarrollarnos a nosotros mismos. Por eso creo que fuimos creados con el instinto de desarrollarnos, para llegar a ser más de lo que éramos en nuestros inicios, en cuerpo y alma.

Con el "Polo Opuesto" la vida parece maravillosa al principio, usted desarrollara' emociones que pensó que no existían, risas, entendimiento, etcétera.

Usted obtiene satisfacción del trabajo un día por haber logrado su proposito. Ella lo conoce a usted y usted la conoce a ella, su vida parece un cuento de hadas... hasta que usted se da cuenta, (tres o cuatro años más tarde) que esta relación está quitándole la vida y el aliento.

Usted puede tratar de corregir cosas, pero a lo más, solamente podrá remendarlas para que la casa no sea destruida por la furia de los encuentros. En este tiempo, usted debería empezar a planear salirse de la relación.

La mayoría de los matrimonios de "Polos Opuestos" posponen la separación con la esperanza de que las cosas mejorarán. Ellos razonan; "Como hay fuertes sentimientos entre ellos, eso deben ser amor".

Lo que estas parejas no se dan cuenta, es de que

Los Polos Opuestos Y
La "Piedra de Toque"

no podemos pelearnos con nuestras naturalezas y vencer. Es como decirle a su perro que deje de ladrar cuando presiente el peligro. Ella quizás lo haga solamente por medio minuto y después empezará otra vez. Está simplemente en la naturaleza de los "Polos Opuestos", pellizcar al otro en cada oportunidad, todo el tiempo.

Conforme los años pasan, los "Polos Opuestos" se distancian; sus diferencias aumentan y ellos deciden que pelear se ha convertido en algo muy difícil, así que desarrollan un mecanismo de autodefensa; se dejan de hablar al punto de convertirse en dos extraños.

Aqui nunca habrá la armonía y tranquilidad que buscamos para cuando envejezcamos. Ha sido un Campamento Militar desde el principio; un ambiente de entrenamiento destinado a desarrollar nuestras emociones, para progresar rápidamente, indicando el camino hacia la búsqueda de nuestra "Alma Gemela".

Si usted es como el guerrero mitológico Ulises, y quiere experimentar la vida al máximo; quiere progresar así para desarrollarse usted mismo a grandes alturas y hacer de su vida lo maximo

Los Polos Opuestos Y
La "Piedra de Toque"

possible para crecer, entonces usted querrá involucrarse en una relación exclusiva con su "Polo Opuesto" en sus relaciones, lo mas pronto posible, antes de buscar a su "Alma Gemela" para casarse con ella.

Yo podría seguir y seguir escribiendo sobre los "Polos Opuestos", pero es mejor que lo experimente por usted mismo; eso es, si tiene suficiente valor para soportar el dolor y la satisfacción que resulte de este Campamento Militar. Si, hay satisfacción también, pero la mayoría de la gente no puede comprender el significado de esta emoción; ellos solamente saben que se sienten bien a veces. Se sienten tan bien que ellos piensan que esta es la persona de sus sueños y que es la correcta para ellos. Si ellos se atrevieran a cuestionar el momento en el que experimentan dolor, frustración, enojo, impotencia o desesperanza, ellos lo justificarían diciendo: "Esta es una forma de crecer", ... "Este es el camino a la felicidad", ó ... "Este es un mal necesario"; y después ellos continuarían y se casarían con su Polo Opuesto. ¡Incorrecto! ¡Incorrecto! ¡Incorrecto!

Usted no debería casarse nunca, nunca, nunca con su Polo Opuesto. Es bueno tener una relación con su opuesto, pero por favor, no se ate. Justo como en el Campamento Militar, usted tuvo su

Los Polos Opuestos Y
La "Piedra de Toque"

entrenamiento y ahora es tiempo de regresar a casa; así debe ser con su "Polo Opuesto", usted debe dar las "gracias" y decir "adiós".

Alguna gente sigue adelante sólo para encontrar "Polos Opuestos" más avanzados; uno que los provocará más y más intensamente.

Ahora que usted tiene el conocimiento, deberá dirigir su atención, enfocarse a encontrar a su "Alma Gemela".

Todos en un momento u otro conocen a su "Polo Opuesto", y deciden si la exasperación que éste les causa vale la pena por la satisfacción que ellos obtienen en el departamento emocional.

La gente que busca la vida, quienes no se intimidan por la oportunidad de razonar y ganar un argumento, o a quienes les gusta luchar en aras del ejercicio de sus emociones, son los que aceptan la batalla con sus Polos Opuestos. Al hacerlo, ellos desarrollan sus emociones más rápidamente y se vuelven más sensibles en ese departamento, como lo mencioné anteriormente; los sentidos se agudizan más que antes actuando como un radar para detectar los paraderos de sus "Almas Gemelas". Estas personas tienen mejor oportunidad de encontrarlas, porque, así como el Campamento Militar desarrolla músculos fuertes en sus soldados, sus "Polos Opuestos" desarrollarán sus

Los Polos Opuestos Y
La "Piedra de Toque"

sentidos y emociones con usted, para poder identificar la verdadera melodía de su "Alma Gemela".

El problema que la mayoría de la gente que ha encontrado a su "Polo Opuesto" tiene, es que ellos creen que esta atracción lo es todo, en el departamento del amor.

Tomar el curso en el Campamento Militar es algo muy bueno, con un plan último para una vida perfecta, y ... debería ser un "deber" en la juventud de una persona. Una palabra de precaución debería ser añadida aquí; antes de tomar el curso en el Campamento Militar, antes de que usted encuentre a su "Polo Opuesto" y acuda a una cita, deberá de proveerse a sí mismo con una "Piedra de Toque"; de otra forma, usted podría volverse adicto hacia su opuesto y olvidarse de cual es el propósito de tomar este curso.

Los Polos Opuestos Y
La "Piedra de Toque"

Los "Polos Opuestos"

Aries y Libra
Tauro y Escorpion
Géminis y Sagitario
Cáncer y Capricornio
Leo y Acuario
Virgo y Piscis

Mi "Polo Opuesto"

Se me
Ocurrio a mí hoy,
cuando estaba pensando
Y haciendo cuentas...,
Que el motivo,
Por el cual no soy grande,
Es porque,
Tu no me complementas.

Y, pense' yo...

Los Polos Opuestos Y
La "Piedra de Toque"

¿Como es que esto era?
Te quiero, y pienso...
!Tu eres mi compañera!

Pero cuando razono,
Y me pongo a meditar,
Realizo que... si queremos,
Ser fieles a nuestras naturalezas...,
Entonces, nos tendremos que separar!

Lagrimas vendran a nuestros hojos,
Nuestras emociones sufriran,
Esto sera duro y doloroso,

Mas..., no tenemos opcion,
Tenemos que obtener,
Un futuro mas hermoso.

Un deber tengo con mi Creador,
Y esto es mas grande de lo que yo soy,
Perdoname querida,
Pero tengo que buscar mi verdadero amor.

Ella entiende mi forma de ser,
Tiene otra forma de amar,
Y..., lo que es mas importante,

Los Polos Opuestos Y
La "Piedra de Toque"

Es que con ella, conseguire' rimar.

Rimar y alcanzar altos vuelos,
Rimar y crecer mi grandeza,
Rimar y alcanzar los cielos,

Con ella ...,
Rimar,
Y.., Cubrirme de belleza.

"La Piedra de Toque"

Un herrero trabaja con el metal. Él calienta el metal en la fragua y después utiliza el martillo para moldear el metal para crear las espadas, los cuchillos y muchas herramientas diversas. Después de que el cuchillo se haya moldeado al tamaño y al diseño deseados, el herrero tiene que templar el metal para fortalecer el afilado, para que aguante las tantas veces que tiene que cortar a través de diversos tipos de materia, tales como pan, madera, carne, etcétera.

Para conseguir el templado fuerte, el herrero utiliza una piedra especial, que en algunos países latinos se llama "Piedra de Toque".

Nosotros, como seres humanos buscando más y más perfección, tenemos que salir de nuestra zona

Los Polos Opuestos Y
La "Piedra de Toque"

de confort de vez en cuando; debemos tomar riesgos, a fin de aventurarnos en las inexploradas aguas de nuestras emociones.

Es debido a esto que necesitamos una "Piedra de Toque"en nuestras vidas.

La "Piedra de Toque"es una persona muy especial, que tiene su mejor interés en usted, en su departamento emocional y que le ayudará a afilar sus sentidos. Esta es la persona con quien usted desahogará su desesperación, durante los tiempos en que no pueda entender la forma en que las cosas están yendo en su vida.

Esta es la persona que le presentará el escenario de una situación particular a nivel de una cancha de juego, sin interés propio o discriminación. Esta persona lo deberá conocer bien, le recordará sus sueños y lo mantendrá enfocado en sus objetivos.

Mientras usted busca a su "Alma Gemela", una parte de su plan será encontrar una "Piedra de Toque" con quien pueda intercambiar ideas.

Usted deberá ser muy selectivo en la elección de esta persona; usted necesitará a alguien quien veal as cosas y a los candidatos, de una forma fria y sin emociones. Recuerde que cada persona trae un "equipaje", de una forma u otra, así que ponga sus expectativas en ella en un nivel pequeño al principio, y auméntelas conforme usted le vaya

Los Polos Opuestos Y
La "Piedra de Toque"

cojiendo confianza.

Yo no sé dónde esa "Piedra de Toque", podría estar para usted. El sentido común indica que ella tiene que estar con los seis signos de menos importancia; esto significa que, si su signo es Agua o Tierra, entonces esta persona deberá estar en los signos de Aire o Fuego. A la inversa, si su signo es Fuego o Aire, entonces esta persona estará en los signos de Agua o Tierra.

Yo digo que esta asunción es de sentido común, porque los signos preferidos tendrían un conflicto de intereses. Si ellos van a tener una atracción natural hacia usted, entonces no serían imparciales en sus emociones o sentimientos. (Por supuesto, la "Piedra de Toque" última es su "Alma Gemela", quien estará en balance perfecto para dar el mejor consejo y desactivar sus emociones desequilibradas del momento).

A fin de crecer en cualquier esfuerzo uno tiene que salir del nivel de comodidad. Conforme usted empiece a salir de su zona de confort, su confianza se debilitará y quizás empezará a tener dudas. Estas dudas estarán tan equilibradas contra su sueño o idea, al punto que usted inclinará la balanza y perderá completa confianza en usted mismo. Aquí es cuando necesita a su "Piedra de Toque", para que le indique un escenario diferente

Los Polos Opuestos Y
La "Piedra de Toque"

que traerá las balanzas de regreso al equilibrio correcto, y para que le guíe hacia las decisiones acertadas.

Algunas personas tienen un álter ego que las hace parecer como alguien diferente. Esta situación es mayormente experimentada por los nacidos bajo el signo de Géminis. Esta gente son al menos dos personas en un cuerpo, y algunas veces, trillizos o cuatrillizos. Ellos, (Digo ellos, indicando las diferentes personas que cada Géminis muestra) debaten la estrategia, o el plan en sus propias cabezas, y son muy buenos en ese ejercicio.

La "Piedra de Toque" perfecta, está en el signo de Libra, porque Libra tiene las balanzas.

Géminis necesita equilibrio; sus mentes trabajan a la velocidad del relampago, y a esa velocidad, el equilibrio es una gran ventaja.

Para aprender, deberá intentar algo que usted no sepa. En el proceso, usted evaluará los riesgos y tomará precauciones. Es como Ulises, el gran guerrero de nuestros libros de Mitología Griega, cuando el ordenó a sus marineros que lo ataran al mástil del barco y que se taponearan los oídos con cera, para que solamente él pudiera escuchar los cantos de las Musas, mientras navegaban a través de la región.

En su caso, usted está intentando aprender

Los Polos Opuestos Y
La "Piedra de Toque"

acerca de alguien con quien está interesado en tener una relación, aunque usted no sabe mucho de esa persona.

Cuando usted se involucre más en esta relación, quizás se debilitará o perderá sus sentidos, y aquí es cuando su "Piedra de Toque" le será de gran ayuda.

Se evitará muchos errores si su "Piedra de Toque"y usted discuten la entrada de este amigo íntimo. Tener una "Piedra de Toque"es una necesidad. Cerciórese de que ella haya leído este libro y que crea en los principios descritos aquí, de lo contrario, no servirá de mucho.

La "Piedra de Toque"debe ser una persona que tenga más interés, en asegurarse que usted siga la formula, (evaluar candidatos y seguir las instrucciones en este libro enteramente), que en la felicidad que usted obtendrá de los ejercicios.

En otras palabras, usted deberá ser para esta persona nada más que sólo un cuerpo; no un buen amigo, sino un conocido, y será mejor si usted no le interese a ella con fines románticos.

Consiga una "Piedra de Toque"que no sea emocional; preferiblemente una persona felizmente casada y que le diga la verdad sin importar qué.

Usted deberá darse cuenta de la labor de esta persona y deberá dejar las emociones fuera de la

Los Polos Opuestos Y
La "Piedra de Toque"

conversación cuando escuche sus comentarios acerca de lo que usted debería hacer.

Sus expectativas en esta relación tienen que estar bien definidas, pero no la despida sólo porque usted no está de acuerdo con ella. Después de todo, ella sólo está cumpliendo con su trabajo.

Capítulo Doce

Los Cinco Pasos Necesarios
Para El Éxito

La felicidad es lo que todos buscamos,
Y esta no es dificil de conseguir,
Una vez encuentra usted a su princesa,
Su belleza lo va a permitir.

Ella podra vestir ropas sucias
O simplemente estara,
Cubierta de tonteria.

Cuando usted encuentre,
A su Cenicienta,
Ella se limpiara',
Y creara' tambien su melodia.

Los Cinco Pasos Necesarios
Para El Éxito

Nuestro Sistema Nervioso se adapta al cambio si el cambio es gradual.

A nuestro Sistema Nervioso no le gustan los cambios drásticos; por lo tanto, rechazará cualquier nueva forma que afecte nuestro comportamiento diario, si esta es hecha radicalmente; pero, si poco a poco nosotros nos programamos con el cambio, entonces tendremos una gran oportunidad de lograr nuestros objetivos.

Abajo están los cinco pasos necesarios para conseguir rápidamente los resultados que deseamos.

Paso # 1: Soñar su futuro

Es fácil soñar, pero a menudo no soñamos bastante.

Acepte el poder de "La Creación" y sus maravillas y se dará cuenta qué grandioso es usted.

Sucedió un milagro cuando usted nació, su Creador le dio todos los ingredientes para hacer su vida agradable y ansiosa de vivir, tambien para que usted obtenga en el proceso, cualquier cosa que su corazón desee.

Sueñe sus necesidades, sueñe las cosas que usted pensó que no eran posibles, sueñe las cosas aún por venir y complácerle.

Sueñe todas las maravillas y sepa que ellas existen.

Paso # 2: Visualizar todos los detalles de su Sueño.

Véase como la persona que usted quiere ser en su mente.

Rodéese de fotos que sean exactamente como usted se quiere ver.

Tiene que ser creíble, contrate a un caricaturista o a un fotógrafo professional, para que le haga este cuadro mientras usted le indica la forma en que lo quiere.

Véase en su mente ahora (no en el futuro); esto es... ¡ahora!

¿Pesa usted 200 libras? ¡Eso fue ayer! Véase con 200 libras de peso ayer. Hoy, ahora, usted se ve a sí misma, delgada, pesando 110 libras. Así que, si su caricaturista dibuja el cuadro de usted luciendo más delgada, entonces ahora usted se sentirá 90 libras más ligera.

Los Cinco Pasos Necesarios
Para El Éxito

Paso # 3: Creer que su sueño va a suceder

Reclame su recompensa haciendo una lista de las cosas que usted quiere que tenga el compañero que le hará feliz. Agregue más detalles a los artículos de esa lista, como color de piel, olor, tacto y sensaciones. Es real para usted, de eso no hay duda. Está aquí, usted lo siente, usted lo percibe, usted lo huele. Utilice todos sus sentidos. Después de un corto tiempo (mientras su mente claramente ve la realidad de sus necesidades), su mente lo hará posible y no será más un sueño, o una imaginacion. ¡Será real! ¡Será nuevo! ¡Será el maravilloso usted!

Mi esposa lo hizo así cuando ella me estaba buscando; cogió un cuaderno y escribió una lista de las noventa y una cosa, que ella quería en su futuro esposo y también anotó las palabras: "Pide y recibirás" alrededor de todos los bordes. Después, ella lo guardó y se olvidó de él.

Su madre lo encontró accidentalmente después de casarnos, y se sentaron juntas a ver cuántas cualidades yo tenía comparado con la lista que ella había escrito. De las noventa y una cualidades yo

Los Cinco Pasos Necesarios
Para El Éxito

cumplí con ¡noventa!, (yo no manejaba el tipo de coche que ella quería), esa esta aun por venir!

Paso # 4: Confiar en lograr su meta.

Escuche lo que otros están diciendo de usted y alterne sus emociones con su visualización.

Por ejemplo: Dígase a usted mismo algo como... "Juan se ve muy bien para tener 60 años". Mi futuro cónyuge me encuentra y me dice: "Eres hermosa". Me ruborizo y contesto: "El privilegio es mío".

Véase a sí mismo con su "Alma Gemela" caminando por la playa de su elección, tomados de las manos, enamorada de el.

Llénese con las emociones de estar con su único y verdadero amor, con ese ser humano que alimenta su felicidad, sus emociones y su cariño.

Esto es como tratar de adivinar qué fue primero, si el huevo o la gallina.

Cuando nos vemos en nuestra mente, nuestro subconsciente fijará la imagen y reorganizará nuestras ansias, hábitos alimenticios, ejercicios, etc.; para traer esa imagen a la existencia.

Pero si usted no cree que eso sea posible, entonces no sucederá. ¡Ponga su mente

Los Cinco Pasos Necesarios
Para El Éxito

subconsciente a trabajar y cambiará su destino! (Es así de simple).

Paso # 5: Perseverar -Intentar una y otra vez.

¡Persevere! ¡Inténtelo! Inténtelo una y otra vez y usted lo conseguira'.

Su habilidad para traer ese cuadro a la realidad, determinará cuánto tiempo tomará para que ocurra; aunque, el tiempo no es la cuestión aquí. Si usted se concentra en el cuadro, en las emociones del cuadro, en los olores del cuadro, en el ambiente del cuadro, y cosas por el estilo, el cuadro vendrá para hacer sus sueños realidad. (Y cien veces más).

Los sentimientos son creados por las expectativas. Ahora tenemos que convertir los sentimientos en cuadros o ilustraciones de la vida real. En este retrato, nosotros somos reales y verdaderos, y nos vemos a nosotros mismos reales y verdaderos. No es una película o un sueño o una illusion, ello es una realidad.

Una mujer se ve a sí misma bailando con su hombre perfecto; ella siente su mano alrededor de la cintura; está llena de felicidad, y está en un

Los Cinco Pasos Necesarios
Para El Éxito

sueño, en un sueño donde ella es el personaje principal.

Puesto que hemos sido hechos con el propósito de desarrollarnos por nosotros mismos, cabe razonar que el trabajo duro es bueno para nosotros. El trabajo difícil es bueno.

El trabajo difícil nos hace mejores, más inteligentes y más perfectos.

El trabajo arduo funciona.

El trabajo duro es el camino a seguir, así que démosle la bienvenida y aceptemoslo. Cuando nos gusta lo que hacemos, no hay trabajo difícil; todo es agradable y cae donde pertenece, y la vida se vuelve maravillosa.

Como a la mano le queda el guante o como un traje hecho a la medida le queda a nuestros cuerpos perfectamente, así es como es el compañero correcto.

Esa persona se adaptará a cada momento de nuestra vida, cada pequeña cosa, cada expresión facial, el tono de su voz, la melodía que lo rodea, su aura, etcétera.

El compañero correcto cumplirá diez veces más con nuestras expectativas, porque está dentro de nuestra propia naturaleza como seres humanos.

Esto va más allá de nuestro entendimiento.

Es la forma como nuestro Creador ha hecho el

Los Cinco Pasos Necesarios
Para El Éxito

Universo entero, para moverse con armonía y amor, y para poder vivir la vida al máximo.

No tener al compañero correcto es como un motor funcionando con la mitad de los pistones; y cuando el motor de nosotros mismos no funciona apropiadamente, tenemos que compensarlo con drogas, adulterio, cirugía plástica, alcohol, un nuevo compañero, etc.

Pasamos varios años educándonos para una carrera y gastamos miles de dólares en el proceso, pero tomamos poco tiempo evaluando a esa persona con quien vamos a compartir el resto de nuestras vidas; y cuando evaluamos a esta persona, es normalmente con una evaluación emocional que cambiará conforme nos hacemos mayores y envejecemos.

Una cara bonita o un buen cuerpo a la edad de dieciocho anos, dictará la pareja para los próximos cuarenta años de vida de la mayoría de la gente.

La otra forma de cometer error es medir y pesar cada aspecto de esa persona al punto que terminamos solteros.

Esto es demasiado importante para ser considerado blanco o negro; debemos tomar en cuenta todos los otros colores también. Esto es muy vital, para dejarlo al azar o a la lujuria del momento.

Los Cinco Pasos Necesarios
Para El Éxito

Después de muchos años de estudiar la naturaleza humana, me doy cuenta que la mayoría de la gente está haciendo lo mejor que puede. Puesto que los resultados son pobres y las estadísticas de divorcio son tan altas, la respuesta a este rompecabezas debe estar en nuestra naturaleza, la forma en que estamos hechos. Es muy difícil para una persona cambiar su forma de ser, cambiar la forma de pensar, intelectualmente es difícil, cambiar emocionalmente es aun mas complicado, a menos que sea hecho con drogas; pero como las drogas no son cosa natural, entonces eso no cuenta.

A fin de poder descifrar este rompecabezas, es necesario estudiar nuestra naturaleza, y a nuestra forma de ser como humanos; por eso es que debemos ampliar nuestra exposición para poder encontrar a nuestra pareja.

Para encontrar a nuestra "Alma Gemela" debemos ir con la Naturaleza, con la ciencia y con la tecnología. Nuestro pasado también influenciará la cosmética de la relación, pero no deberemos poner mucho mérito en ello.

¿Quiero un compañero escandaloso o callado?

¿Me gusta un compañero que esté de fiesta todo el tiempo, o uno a quien le guste mucho estar en casa?

Los Cinco Pasos Necesarios
Para El Éxito

¿Mi compañero será divertido o serio?
¿Es intelectual o mundano?
¿Quiero a alguien que sea buen bailador?
¡Preguntas! ¡Preguntas! y más... ¡preguntas!

Aunque usted pudiera contestar todas estas preguntas correctamente y actuar sobre las respuestas, aún así usted tendría una probabilidad grande de fallar. Así que... ¿Cuál es la respuesta entonces? La respuesta mora en la casa de nuestra naturaleza; así es como la vamos a encontrar.

Primero, nos evaluaremos a nosotros mismos. ¿Qué es lo que hacemos? ¿Qué nos hace feliz? ¿Qué significa el éxito para nosotros? ¿Qué es lo que buscamos? En otras palabras, ¿cuál es el propósito de nuestra existencia?

Para la mayoría de la gente, el propósito de nuestra existencia es ser feliz y disfrutar la vida al máximo.

Sí, esta es la forma en que debería ser, pero ... ¿cómo encontraremos esta felicidad?

Parece que la felicidad es una amante evasiva. La mayoría de la gente no logra esta felicidad, porque no sabe qué es lo que quiere o qué es lo que está buscando.

Una vez que usted entienda lo que necesita y lo intente conseguirlo firmemente, entonces ganara' y

Los Cinco Pasos Necesarios
Para El Éxito

deberá encontrar a su "Alma Gemela"; porque no hay felicidad verdadera a menos que sea compartida con ella. Y, a menos que usted evalúe la naturaleza de su "Alma Gemela", usted nunca la encontrará, aún así esté parada enfrente de su cara.

Me aventuraré a decir, que la mayoría de la gente que ha buscando a su "Alma Gemela", probablemente ha cruzado caminos con ella alguna vez en su vida sin reconocerla.

Esto fue porque no sabian que era lo que buscaban, no tenian un mapa con los informes, para encontrarse por medio de sus naturalezas.

Después de todo, la Naturaleza es el libro de nuestro Creador.

Estamos hechos diferentes, especialmente el hombre de la mujer. Las diferencias son tan obvias como que tenemos una necesidad del sexo opuesto, así que significa que no estamos completos. Somos perfectos, pero no estamos completos, o no tendríamos esas necesidades; y es cuando llevamos a cabo nuestras necesidades, que nos acercamos más a nuestro Creador y, por lo tanto, logramos nuestra verdadera felicidad.

Repasemos... fuimos hechos perfectos, pero nuestra perfección necesita interactuar con otra

Los Cinco Pasos Necesarios
Para El Éxito

"perfección". Esta la encontramos en el sexo opuesto, asi nuestra propia perfección es mantenida; de otra forma nuestra propia perfección se desintgraría y terminaríamos como ruinas al lado del camino.

Necesitamos encontrar el tipo correcto de perfección que interactúe con la nuestra. Nosotros sabemos que tal perfección existe porque nuestro Ser Supremo la creó. ¿Cómo podemos estar tan seguros? ¡Por que existimos! Y puesto que existimos, nuestra pareja perfecta existe también. De otra forma, no seríamos una combinación hombre-mujer; ni una mujer necesitaría un esperma que viene de una fuente externa para concebir a un bebé (el huevo de la mujer podría fertilizarse por sí mismo, o un esperma podría venir del mismo cuerpo, después de que el huevo está maduro, para fertilizarlo).

Pero... ¡así es como la creación funciona! Por lo tanto, por el mero hecho de que existimos como un hombre y como una mujer, significa que somos dos mitades de una sola unidad entera.

Somos nosotros quienes estamos demasiado ciegos para encontrar al otro. Una vez que usted llegue a creer este hecho, estará a la mitad del camino, pero nunca deje de buscar hasta que los dos se encuentren.

Los Cinco Pasos Necesarios
Para El Éxito

Esto significa que usted no se comprometerá; usted no renunciará hasta que haya encontrado un compañero que lo haga sentir más feliz y más completo de lo que se siente estando solo; y conforme usted lo haga, las telarañas de su mente desaparecerán y ustedes se encontrarán. Quizás ustedes se hayan encontrado ya muchas veces, pero las telarañas de su mente no les han permitido conocerse aún.

Mientras usted está soltero, sus necesidades sexuales y emocionales crean hambre, una hambre que pide ser satisfecha, usted no deberá comprometerse; usted debe permanecer fijo en su objetivo.

Usted quiere la calidad de su "Alma Gemela" y necesita estar preparado para privarse de alimento, si es necesario.

Cuando lo haga, sus necesidades se purificarán y las telarañas de su mente comenzarán a desaparecer. Ahora, usted empezará a ver claramente y mirará a la gente con diferentes ojos, y entonces... estará listo para evaluar.

En seguida, averiguará quién es usted, qué lo hace feliz o qué lo pone triste, y tratará de investigar a su compañero.

Es muy difícil lograrlo de las formas convencionales; es como encontrar una aguja en un pajar, porque hemos sido bombardeados con la información equivocada desde que nacimos.

Es mejor cojer la ayuda de la Naturaleza, para que nos guíe a encontrar un plan que nos ponga en el área, a una corta distancia, de nuestra "Alma Gemela".

Quizás nos estemos encontrando con nuestra "Alma Gemela" constantemente, pero pensamos que esa persona no lo es; por lo tanto, necesitamos una guía que nos muestre el camino, y aún así no tendremos todas las respuestas. Aún entonces tendremos que confiar en nuestros instintos para empezar a concertar citas a fin de evaluar mental y físicamente (pero no emocional ni sexualmente).

Recordemos que esto es muy importante para estar jugando, y que queremos resultados positivos porque necesitamos un compañero para el resto de nuestras vidas, para que nos haga más felices que por nosotros mismos.

¡Para engrandecernos más que por nosotros mismos! ¡Para que nos acerque más a nuestro Creador que por nosotros mismos!

Capítulo Trece

Obtenga Lo Que Se Merece

*....y vivieron felizes siempre despu**é**s...*

!Atrevase, y echese a la arena!
Sea valiente y atrevido,
Trabaje en encontrar a su compañera,
No se de nunca por vencido.

Tiene usted,
Una obligacion en su vida,
Y es la de dar su cosecha,
A nuestro Creador,
El Pesar, no es lo que Dios premia,
Y él es el Creador de todo lo que existe.
Asi es que...,
Dejate de esperar, y,
Persiste! Persiste! Persiste!

ANTES DE CONCLUIR DEBO ENFATIZAR en cierto principio. Es de vital importancia que usted crea en él. Si su mente no está abierta a la realidad de lo que usted tiene, o dónde está en su vida; la clase de compañero con quien está compartiendo su vida, o porqué usted no puede hacer realidad sus sueños; si usted no está donde le gustaría, etc., la razón es simple, porque usted no está haciendo nada de lo que es necesario que sea hecho, para que esos sueños y deseos ocurran, que tomen forma, que se hagan realidad.

Por otra parte, si usted cambia sus formas, si cambia a su pareja, si cambia la forma en que se acerca a su vida, a sus colegas, a sus compañeros de trabajo, a sus prospectos y al mundo entero en torno a usted en una forma que le traiga resultados, entonces obtendrá lo que se merece.

Es muy simple y claro; todos conseguimos lo que merecemos, y conseguimos lo que merecemos todo el tiempo.

Estamos donde estamos, porque nos merecemos estar donde estamos.

Si quisiéramos estar en otro lugar, entonces tendríamos que cambiar la dirección de nuestras acciones, comportamientos y nuestra forma de ver el mundo y todo lo que hay en él.

En otras palabras, ¡DEBEMOS CAMBIAR! (Y se lo digo en letras mayúsculas para que no lo olvide).

Ah... aquí está el culpable... *el cambio*.

Entonces... ¿Cómo va a poder usted hacerle frente? ¿Cómo va usted a luchar contra sus viejas formas y vencer? Es fácil; usted simplemente tiene que "crear" una zanahoria jugosa como su recompensa.

Usted tiene que crear lo antes mencionado, para satisfacerse del exhaustivo trabajo que tendrá que hacer para vencer al *cambio*. Usted tendrá que recompensarse a sí mismo cada vez, todo el tiempo, cuando venza al *cambio*.

Es la misma técnica que los entrenadores de caballos usan.

Cuando el caballo obedece y hace un buen trabajo, el entrenador le da un terrón de azúcar.

El caballo identifica el hacer un buen trabajo con el hecho de recibir azúcar, y entonces razona, "quiero azúcar y mi entrenador quiere que yo lo haga bien; así que haré lo que él quiere y entonces me dará lo que yo quiero. No es para pensárselo mucho; él tiene un trato conmigo".

¿Cuál es su recompensa?

¿Cuál es su dulce que le da su entrenador?

¿Cuál es ese jugoso arreglo que no solamente lo

complacerá, sino que lo hará adicto a él? (Sí, tenemos que hacernos adictos a él, pero es una buena adicción).

Esta píldora mágica se llama "Buenos Resultados".

Sí, resultados, pero resultados que nos ayudarán a seguir adelante, en la dirección en que hemos planeado movernos.

Resultados que nos enorgullecerán del esfuerzo que tuvimos que poner para conseguirlos.

Su mente subconsciente tiene que identificar lo que usted quiere. Una vez que su mente subconsciente identifique el objetivo, va a decir: "Yo quiero la felicidad, y mi entrenador (usted) quiere que yo cambie mis formas; eso no es para quebrarse la cabeza; le daré lo que él quiere y él me dará lo que yo quiero".

Ahora, vamos al ejercicio que eventualmente se volverá una adicción. La siguiente frase tiene que ser memorizada y conocida al revés, a través y de lado.

Esta frase tiene que ser la segunda naturaleza para usted:

"Cuando los resultados de mis acciones no me den la felicidad, entonces seguiré adelante".

Repita esta frase varias veces hasta que esté

firmemente impregnada en su mente.

"Cuando los resultados de mis acciones no me den la felicidad, entonces seguiré adelante".

"Cuando los resultados de mis acciones no me den la felicidad, entonces seguiré adelante".

"Cuando los resultados de mis acciones no me den la felicidad, entonces seguiré adelante".

Sí, el caballo obtendrá el azúcar y usted lo tendrá actuando conforme al plan diseñado.

No es que usted no tenga el talento, la habilidad, la inteligencia o el deseo de llegar a su destino; no, no, no, esa no es la razón. La razón es que... ¡usted bloqueó sus propios canales!

Este principio ha sido usado por muchos a través de los años y ha traído resultados cada vez.

Antes las mujeres no tenían permitido votar. Yo creo que los hombres pensaban que las mujeres no tenían mente para la Política. ¡Bloqueo! ¡Bloqueo! ¡Bloqueo!

Antes los hombres pensaban que las mujeres no podían ser Jefes Ejecutivos de alguna corporación. Yo creo que los hombres pensaban que las mujeres no podrían soportar el calor del lugar de trabajo. ¡Bloqueo! ¡Bloqueo! ¡Bloqueo!

Limpie sus canales, hágase adicto a los buenos resultados y siga adelante.

¡Un brillante futuro le espera!

¡Obtenga sus objetivos!

¡Haga realidad sus sueños!

¡Consiga a su "Alma Gemela"!

Si usted no se está desarrollando a una velocidad que lo haga sentirse orgulloso de sí mismo, entonces está en el lugar o en la relación equivocados.

Todos seguimos planes, en un momento u otro, pero la diferencia entre los ganadores y los perdedores es que, los ganadores inmediatamente esperan resultados.

Ellos esperan los resultados, que estén en relación directa a sus necesidades.

Si los resultados requeridos no ocurren, entonces los ganadores los exigen. Si no son la clase de resultados que ellos quieren, rápidamente evalúan la situación, llegan a la conclusión de que están en el lugar equivocado, (o con la persona equivocada) y de *ipso facto,* dejan el compromiso para poder moverse hacia mejores cosas.

Los ganadores hacen esto a pesar de sus pérdidas económicas; ellos lo hacen, porque saben que la riqueza va mano a mano, con el hecho de estar en sintonía con uno mismo.

Los ganadores serán acusados de romper el trato o compromiso, de mentirles a sus parejas, de tener el corazón frío, de ser monstruos, etc.

En algunas ocasiones, los ganadores serán

acusados de ser egoístas, (por supuesto, porque el acusador confundirá el egoísmo con la avaricia, lo que es totalmente diferente), en su equivocada evaluación, y por un golpe de suerte, el acusador nombrara' al ganador apropiadamente.

Sí, los ganadores son egoístas, y con justa razón; ellos ejercieron su "Auto-derecho".

Al terminar la relación, ellos crearon espacio para sí mismos, para encontrar a su "Alma Gemela", mientras que al mismo tiempo, crearon espacio para que la otra persona pueda también encontrar a su "Alma Gemela".

¿Y qué pasa con la conciencia?

¿Quiero decir que la gente debería divorciarse porque ellos creen que su pareja actual no es su "Alma Gemela"?

¿Qué pasará con su familia?

¿Qué irán a decir conocidos y familiares?

¿Qué irá a pasar con los niños?

Estas son preguntas que atormentarán a la mayoría de la gente en su presente estado mental.

Esta gente olvidó una pregunta simple:

¿Quién es la persona más importante en su vida?

Después de esta pregunta, otras preguntas aparecerán, como:

¿Por qué estamos aquí?

¿Por qué nacimos y con qué propósito?

¿Cuál es nuestra misión aquí en la Tierra?

Yo no le voy a decir qué hacer. Usted sabe mejor que nadie lo que tiene que hacer y, ¿adivine qué? Usted será el recipiente o beneficiario de los resultados de sus acciones.

Ilustremos situaciones comunes:

1. Quizás usted haya sido bombardeado desde su niñez acerca de la moral, de sus obligaciones respecto de sus compromisos, a su familia, etc.

2. Le han dicho muy poco acerca de su obligación para con usted mismo, para ser lo más grande que pueda para su bien y el de su Creador; por consecuencia, usted no está en un nivel parejo, para decidir apropiadamente; hasta que usted se da cuenta qué tan importante es y qué tan importante es su vida y su misión en esta tierra, usted no pensara bien y de una forma correcta.

3. Usted no es feliz. Si usted no es feliz, no estará utilizando todo su potencial. Si usted no es feliz, se estará saboteando usted mismo. Si usted no es feliz, no sabe de lo que se está perdiendo.

4. Quizás usted esté en un matrimonio que sigue su curso y ya no es feliz con su pareja; el tiempo pasa y usted envejece. Usted observa a otra gente que es feliz y quiere experimentar esa clase de emoción. Si usted no es honesto consigo mismo, criticará esa felicidad en otra gente,

diciendo que probablemente ellos son tan infelices como usted, pero que solamente están mostrando un frente feliz.

5. Quizás usted verá películas con finales felices, o comprará libros como este sólo para sacrificarse a usted mismo con las reglas de la sociedad, reglas que hacen nada por usted y lo confunden más y más porque tiene miedo de buscar la felicidad.

6. Usted espera una varita mágica que convierta su vida sin dolor o pena. Usted no cree que pueda tenerlo todo, y se envejece a una velocidad más rápida de lo normal por la falta de ingredientes mágicos que su "Alma Gemela" puede darle.

7. ¿Y qué con los niños? ¿Usted piensa que si ellos tienen padres que viven separados, eso va a matarlos? Ellos van a tener padres más felices que antes, con sus nuevos compañeros. ¿Es eso tan malo para sus hijos? Sus niños van a deleitarse en la felicidad de su aura. ¿Es malo que usted haya encontrado a la persona que lo haga amar al mundo y a todos en él, especialmente a sus niños?

Mi único propósito de escribir este libro, es para ayudar a aclarar la mente de las personas, para que ellos puedan encontrar a su "Alma Gemela" en esta vida. Una vez que ellos cumplan esta tarea, sus existencias serán tremendamente mejores y su autoestima los acercará más a su Creador; sus carreras mejorarán, podrán socializar mejor con la gente, y no verán tantas cosas malas en los demás; ni tampoco criticarán tanto a los otros. El "chisme" disminuirá cien veces.

¿Por qué pasará esto?

Cuando una persona es feliz, me refiero a la felicidad verdadera, ella se concentrará en lo que es importante para continuar con esa felicidad como una necesidad y no como un querer.

Ella necesitará continuar siendo feliz, porque esta felicidad es tan importante como el aire que respiramos. Necesitamos ser maestros del "ser felices", por eso es que tenemos que seguir intentándolo mientras tengamos aliento.

Es como entrenar a alguien para convertirlo en ser pintor. Un aprendiz de pintor toma la tarea de pintar un ojo humano, con su objetivo diario de pintar un ojo humano a la perfección; una vez que él logra esa tarea, podrá pintar cualquier cosa a la perfección.

Todos los grandes hombres en su campo han dicho lo mismo: "Yo soy famoso en mi profesión porque soy realmente feliz haciendo lo que hago, y no soñaría con hacer nada más".

Entonces, es muy fácil extraer de estas

declaraciones, que la respuesta al éxito, recae en la felicidad que recibimos de la relación que tenemos con otros o con nuestro trabajo, y especialmente, con nuestra "Alma Gemela".

Todos sabemos qué hacer, y si necesitamos más información, entonces sabremos dónde conseguirla. Pero esto nos lleva esfuerzo, trabajo, investigación y perseverancia, y más importante, requiere el deseo de vivir intensamente.

Es más fácil no hacer nada y no recibir nada a cambio. Cuando yo digo nada, quiero decir nada de substancia. Esto también me remite al otro lado de la nada, que es cuando usted consigue muchas cosas, que no hacen nada creativo; pero que en cambio, lo llenan a usted con tonterías, colmando su plato de cosa que no tienen substancia o valor.

Cuando usted se llena, no queda lugar para lo que es nuevo, y por eso es que no se esfuerza a mirar lo que es nuevo; por eso es que usted no tiene la necesidad de buscar lo que sea nuevo, y por eso es que usted no tiene lo que es nuevo. No es de sorprenderse, que usted no esté conectando con sus sueños.

Usted debe crear un espacio para lo nuevo.

¿Cómo creamos espacio para lo nuevo?

¿Cuáles son algunas formas?

En el mundo físico, digamos nuestra casa, tenemos muebles de los cuales algunos ya no nos gustan. Quisiéramos conservar algunos, pero no en el mismo lugar que ocupan ahora, y nos gustaría comprar piezas nuevas. ¿Cómo podríamos crear el espacio que necesitamos para este nuevo mobiliario? Podríamos mover los muebles a otras áreas de la casa. Podríamos donar a la tienda de "segunda mano" de la localidad los muebles viejos que no queremos. Podríamos ampliar nuestra vivienda añadiéndole a la cocina o a la sala, o podríamos intercambiar los muebles más grandes por muebles para niños, los cuales son más pequeños (y que por supuesto usted no podrá usar). Ahora, hemos creado espacio para lo nuevo.

En los campos de la mente, también esto ocurre.

Un compañero que no queremos más sigue ocupando todo nuestro espacio. Él está constantemente en nuestra mente y esto no nos deja ningún espacio para un nuevo amor; por eso es que las aventuras amorosas (mientras usted todavía está casado), no sobreviven muy a menudo.

Debemos terminar con el viejo amor, antes de que nos cariñemos con el nuevo. Necesitamos crear el espacio mental para el nuevo amor.

Por eso es que las aventuras amorosas, estando casados o compremetidos, no son correctas para nosotros; no porque nuestros líderes espirituales lo digan, no, sino porque es una equivocación que entrará en conflicto con nuestra naturaleza.

Entrará en conflicto con nuestra conciencia y con el espacio de nuestra mente.

Así como usted no puede poner una silla en el mismo lugar que otra silla está ocupando, así es con el amor, usted no puede poner un nuevo amor en el lugar que está siendo ocupado por otro amor de la misma clasificación.

Usted debe cortar y clasificar de nuevo el viejo amor para que se mueva de la área romántica de su Alma a otra área (amigo, o madre o padre de sus hijos); por consiguiente, dejando espacio para un nuevo romántico amor.

Cuando lo haga, la nueva relación no se clasificará en su mente como una aventura.

¿Por qué? Porque usted estará en paz con sus emociones respecto de su papel en cada relación.

En otras palabras, su conciencia estará limpia.

No importará lo que otra gente diga de usted; su conciencia estará limpia y clara, y ahora usted se concentrará en encontrar a su "Alma Gemela".

Así, usted no saboteará más su mente, o no permitirá a otros que lo influencien con sus propias desacertadas creencias, de lo que ellos quieren para usted.

Usted es el único que sabe lo que quiere, y si usted no tiene la certeza, entonces deberá empezar a preguntarse cosas de usted mismo.

¿Qué es lo que quiero?

¿Cómo encontraré a mi "Alma Gemela?
¿Qué se necesita para llegar a donde quiero llegar? La felicidad es mi objetivo, pero... ¿cómo la encuentro? ¿Lo que estoy haciendo actualmente me está llevando a mis objetivos?"

¿Por qué hablo de estas cosas en un libro que está enfocado a encontrar a su "Alma Gemela"?

Porque usted no encontrara a su "Alma Gemela", o nada de importancia, a no ser que su mente esté funcionando, con al menos la mitad de su poder.

La forma en que usted es ahora, probablemente ha sido influenciado por toda la información equivocada y la basura que ocupa las ondas de radio y television.

El nivel de información que no solicitamos nos sigue bombardeando, pero ahora tenemos un mecanismo de evaluación que clasifica todo el material antes que su mente lo lleve a su mente subconsciente, donde se forja su carácter y su futuro.

Entonces, hay una cantidad enorme de mediocridad en el mercado. Parece que nueve de diez productos en el Mercado, (en este caso, libros para encontrar la felicidad), están poniendo su mejor esfuerzo en el embalaje, vendiéndole un cuento de hadas lleno de fantasía y haciéndole creer que por el simple hecho de desear riquezas, felicidad o amor, usted los conseguira'.

Mi fórmula establece: "Para que las teorías o ideas funcionen, deben llevar trabajo y esfuerzo atado a ellas";
Si no hay esfuerzo atado al plan, entonces los resultados serán muy pobres.

El desear no requiere un esfuerzo motivado, por lo tanto, no aparecerán resultados en nuestras vidas, a menos que trabajemos en ello.

Una vez que usted comprenda esto y tome la acción correcta en su vida, ésta cambiará para bien. Una vez que usted alimente a su mente con buena comida, ésta le dará frutos tan fantásticos que usted no hubiera podido imaginar ni en sus sueños más atrevidos.

Ahora usted conocera a gente, e inmediatamente los clasificará aplicando los parámetros de su relación con ellos;

Cuando los practique, usted podrá adivinar la mayoría del tiempo en cual grupo ellos están.

¿Están en el grupo del elemento Agua?

¿En el elemento Tierra?

¿Fuego o Aire?

Mientras clasifica a la gente, prepárese para tratar con ellos correspondientemente. Todos hacemos esto de una forma subconsciente, el problema es que no evaluamos correctamente.

Pensamos que los vegetales son carne, y cuando los probamos, decidimos que no nos gustan.

A la mayoría de nosotros nos gustan los vegetales y la carne en la ocasión apropiada; así mismo pasa con las relaciones.

Nos podemos relacionar con la mayoría de la gente que conocemos, pero en un nivel apropiado.

Algunas personas serán tan insignificantes, asi como para darles el saludo por la mañana, pero nada más; a otros, usted querrá corresponderles con intercambio intelectual, aún cuando usted piensa que no están en el mismo nivel. Y entre estos dos niveles, hay cientos de niveles diferentes que usted tendrá que evaluar apropiadamente, concienzudamente, cuidadosamente y ... felizmente.

Aquí es donde usted debería intentar, y deberá brillar cuando su nivel de éxito esté en relación con su habilidad para interactuar con otra gente. A los que no le interesen, usted no dará nada más que el tiempo necesario. Para quienes le interesen, usted encontrará una forma de crear motivación, para que ellos se relacionen con usted.

Para crear un mecanismo de evaluación en su mente que le dé la claridad contra todo el bombardeo que usted recibirá por el resto de si vida, deberá evaluar lo que es importante para usted y por qué.

Tenemos mentes independientes, pero también hemos sido influenciados por nuestra niñez, creencias morales, necesidades y deseos; por los medios de comunicación, lo que leemos en el periódico, lo que escuchamos en la radio, lo que vemos en la televisión, los comentarios y opiniones de amigos y parientes, etc.

Toda esta influencia tiene que pasar el examen de la Naturaleza.

¿Qué quiero decir con esto?

Puesto simplemente; "si entra en conflicto con la Naturaleza, entonces usted no lo deberá querer".

¿Por qué es importante el matrimonio?

El matrimonio es un compromiso entre dos personas con el propósito de crear una familia, puesto que tenemos la necesidad de reproducirnos.

El matrimonio crea un vínculo para el amor, la confianza, comprensión y reconocimiento.

Está en nuestra naturaleza cumplir con todas estas necesidades y emociones (y muchas más que no he mencionado); por lo tanto, el matrimonio es la dirección correcta de la acción.

Si su matrimonio no le proporciona todo o algo de esto, entonces usted querrá considerar re-evaluar su futuro.

¿Por qué estamos en este mundo?

¿Por qué nacimos?

Nacimos para sobresalir en nuestras acciones, para ser mejor que nuestros antepasados, para enorgullecer a nuestro Creador, cuando nos encontremos con él.

Nuestras obras serán grabadas en nuestra Alma, y cuando nos encontremos con nuestro Ser Supremo, estas acciones definirán nuestro mérito.

Como la abeja que colecta polen de las flores y lo lleva a su panal para ser convertido en miel, así es con nuestra Alma. Nuestra Alma está con nosotros desde que nacimos y grabará todo lo que nos pasa hasta el día que muere y regresa a la fuente a entregar su cargamento para ser juzgada como corresponde.

A la hora de nuestro juicio espiritual, nuestro Creador clasificará nuestro viaje actual y el mérito.

No podemos cumplir un gran mérito sin el compañero correcto del sexo opuesto.

Por supuesto, nos podemos sentir contentos, satisfechos, y aún felices, pero la clase de felicidad de la que estoy hablando solamente puede ser experimentada con nuestra "Alma Gemela".

¡Nuestra "Alma Gemela" no puede ser alguien del mismo sexo!

¿Por qué? Porque tenemos un cuerpo masculino y femenino. Puesto que los sexos masculino y femenino crean nuestra especie, es razonable asumir que nuestra "Alma Gemela" es del sexo opuesto.

De otra forma, ¿porqué molestarse en tener sexos masculino y femenino?.

Obviamente, Dios creó esas diferencias con un propósito, o con varios propósitos.

Nuestro más grande problema no es que no tengamos suficiente información; nuestro problema más grande, es que no tenemos un mecanismo de evaluación que nos proteja, de toda la basura que vuela en torno a nosotros. El material mediocre nos bombardea constantemente y nuestras mentes se llenan con esa cosa que tiene poco o nada de valor para nosotros, y que incluso, podría causarnos daño.

Cuando miramos la vida, es todo científico.

¡Todos tenemos lo que merecemos tener!

Nuestra curiosidad nos motiva a leer un libro, a escuchar las noticias, al entretenimiento, a empezar un nuevo proyecto, a buscar el romance, etc., pero el material que conseguimos no satisface nuestra hambre.

Tratamos de conseguir nuevo material, que también tiene poca substancia y nos deja con hambre, así que tratamos de conseguir nuevo material, etc. etc.

Finalmente, pensamos que nuestra búsqueda es inútil, y que nuestros objetivos y deseos parecen estar fuera de alcance, así que nos regocijamos en la fantasía de soñar el sueño imposible, sin la esperanza de obtener nuestro objetivo.

Somos condenados antes de llegar al camino que nos llevará a nuestra meta. No queremos aceptar esta realidad, porque una voz interna nos dice que nuestro sueño es material, que tiene miles de años de edad y que está lleno de hoyos, contradicciones, rumores, que no agregará nada a nuestra vida actual, que no tiene sentido para ninguna persona adulta, etc.

No es sorprendente que creamos que nuestros sueños están fuera de nuestro alcance.

Somos bombardeados constantemente por una razón u otra, pero los resultados son siempre los mismos; la gente no se preocupa por usted, porque no se preocupa por ella misma. A algunos sólo les importa conseguir su dinero, tratando de hacer que compre material que hace muy poco o nada por usted, o peor aún, que detendrá sus sueños.

Otros se sienten indignados con su idea de obtener la felicidad. Ellos le darán miles de razones por las que usted debería retirarse de su felicidad. La verdad es que, ellos también tienen hambre de felicidad, y la razón por la que usted está intentando y ellos no, los lleva a inventar toda clase de conclusiones del porqué debería usted mantenerse lejos de su felicidad. Su felicidad incomoda a otros.

¿Por qué su intento de encontrar la felicidad hace a otros desdichados?

¿Por qué ellos se molestan con la vida de usted?

Se preguntará usted.

La gente tratará, por todos los medios posibles, detenerlo del deseo de alcanzar sus sueños, porque ellos no son felices.

En el fondo ellos buscan la misma cosa.

Probablemente ellos la buscaron en el pasado y no la encontraron. La diferencia aquí es, que usted está intentando encontrar su felicidad, mientras que ellos se han dado por vencidos en su búsqueda de encontrar la suya propia.

Si usted encuentra su felicidad, les demostrará que es posible, y que ellos se dieron por vencidos muy pronto en su búsqueda.

Ellos evaluarán el éxito de usted, como una medida de la falla de ellos (la cual no es) y en el proceso, ellos quizás le hieran emocionalmente, aún cuando sean sus padres u otra gente que le ama.

Así es como el mecanismo de la mente funciona. Una vez que usted aprenda a entenderlo, usted habrá creado el paraguas que lo protegerá de escuchar la confusión que alguna gente tiene en sus cerebros.

Como un hombre sabio dijo alguna vez:
"No hay maldad. ¡La maldad no existe! Es el bien que está siendo torturado por su hambre y por su sed".

La gente podrá decir cosas como:
"¿Qué va a decir la gente cuando sepan que has fallado?
¿Qué tal si te deja por otra mujer?
¿Por qué arriesgarte si tienes tan buen trabajo?"

Usted es una persona obstinada y dará el paso decisivo de cualquier forma. Si las cosas no salen bien y usted pierde, las cubrirá y pretenderá que no hubo tal falla; pero si sus colegas le dicen que usted es un fracaso, su ego no podrá aceptarlo y usted entrará en conflicto consigo mismo. Entonces, su mente encontrará una forma de lidiar con esta situación diciendo:

"No hagamos nada, así no tendremos que mentirnos a nosotros mismos".

Usted se convertirá en una persona ordinaria en lugar de una persona especial.

Así es como el mecanismo de la mente humana funciona cuando es dirigido erróneamente.

Si usted cree en esta Filosofía, usted no pondrá ninguna atención a las influencias inquietantes descritas anteriormente, o a cuantos llamados fracasos atraviese.

¿Por qué?

Por que no hay fracasos; solamente oportunidades, y cada oportunidad que usted intente lo acercará más a su objetivo.

¿Lo ve ahora?

¿Le está cayendo la idea de lo que dije antes acerca de la conexión entre esfuerzo y felicidad?

Usted no podrá tener una sin la otra.

Ahora usted puede caminar con toda seguridad bajo la lluvia de la mediocridad, porque estará protegido con el paraguas.

Usted no pondrá ninguna atención, porque esta Filosofía será su mecanismo de evaluación.

En cambio, usted se concentrará en su felicidad, en lo que lo hace feliz, en cómo podría usted ser feliz, en encontrar los mapas del camino que le ayudarán a llegar a la gente y a las cosas que le darán esa felicidad.

¿Por qué queremos ser felices?

A la persona que no ha experimentado la verdadera felicidad, la idea de ser feliz es una fantasía, ya que esta persona no tiene idea de lo que ésta es. Por eso es que pueden tomarla o dejarla, porque no saben de lo que se están perdiendo.

Si ellos supieran, buscarían la felicidad o morirían en el intento. Sería como buscar aire para respirar.

Usted no piensa en el esfuerzo que se requiere para tomar el aliento de aire que se necesita para sobrevivir; usted simplemente tiene que tener aire para respirar.

¿Le parece esto muy drástico? Entonces deje este libro y siga usted haciendo lo que ha estado haciendo en el pasado, y ¿adivine qué?... los resultados van a ser los mismos que usted ha estado teniendo en el pasado. ¡Decídase! Nada significativo ha sido logrado en la vida sin sudor ni lágrimas.

"¡Déme la libertad o déme la muerte!"

"¡Pelearemos en el aire, en la tierra, en el mar;

nunca deberemos rendirnos!"

Estas son frases que cambiaron naciones en tiempos de crisis. Este es el pensamiento que lo llevará a su destino.

Deshágase de todas las cosas malas que usted no quiere, tan pronto como observe que no están haciendo nada por usted; siga adelante, busque mejores pastos, y recuerde ser egoísta pero no avaro.

Es malo no tomar lo que usted necesita, pero tomar lo que usted no necesita es mucho peor, porque ello ocupa espacio, empaña nuestra visión, le aburrirá hasta hacerle lágrimas, le dará un sentido falso de protección y le detendrá de conseguir lo que usted necesita.

Entonces... ¿Por qué nos sentimos atraídos por tonterías? ¿Por qué no hay noticias, a menos que sean malas noticias?

Esto es porque la confianza en nosotros mismos se tambalea cuando nuestra vida no va en la dirección correcta, y porque nos sentimos más a gusto si vemos que otros la están pasando mal también.

Hemos sido bombardeados con esta clase de cosas desde que estábamos en el vientre de nuestras madres y de alguna forma nos hicimos adictos a ellas.

No hemos encontrado un método de cómo reemplazar este polvo por una limpia, clara y saludable forma de ver la vida y nuestro futuro... hasta ahora.

También, somos increíblemente curiosos, así que devoramos cantidades enormes de material que no nos satisface, que nos deja más hambrientos que antes e inclinados superficialmente.

Nosotros no luchamos lo suficiente por el material limpio, sano y satisfactorio.

A causa de nuestra hambre (curiosidad) buscamos más.

Ellos nos dan más pero con poca sustancia, la cual, a cambio, nos mantiene hambrientos para buscar más. Y asi el circulo continua y continua.

¿Cómo resolverá usted este problema? Usted no se conforme con el segundo mejor, o el tercer mejor, o por el número cien. Usted solamente participará si hay substancia.

Por ejemplo: Cuando usted empieza a leer un libro y éste no le dice nada en las primeras cuatro páginas, entonces usted lo dejará y le dará al autor una oportunidad más (pero no al libro). Por decir, usted tratará de leer otro libro del mismo autor, y si después de cuatro páginas, más o menos, este segundo libro no le dice nada, entonces usted dejará a ambos, al libro y al autor por los próximos cinco años. Quizás para entonces este autor haya encontrado el material que le interese a usted y esto le dara motivo para leerlo otra vez.

O cuando tiene amigos o parientes que no hacen nada por usted, entonces usted no tendrá la relación apropiada con ellos; simplemente los ignorará y se concentrará en la relacion que a usted le gusta y lo hace feliz.

También, cuando envía correspondencia a través del Internet y no recibe material sustancioso de vuelta, entonces usted le dará a esta persona una segunda oportunidad, pero le aclarará que la sustancia es el nombre del juego.

El Internet le podrá mantener en el anonimato. Usted podrá ser impertinente y traviesa, con la única razón de apretar los botones de su prospecto para averiguar si responde a esta clase de tratamiento (usted nunca deberá ser vulgar o usar lenguaje obsceno en el Internet, y recuerde tener respeto en sí mismo).

Usted podrá ejercitar en el Internet esa personalidad que usted siempre quiso ser.

Por ejemplo: Yo practiqué Poesía. Les escribí a las mujeres en prosa. La mayoría de ellas pensaron que yo era un poeta pobretón, pero les gustó la melodía de mi escritura y se mantuvieron contestándome pidiendo más. Después de un par de cartas, yo les enviaba una "pelota en curva". Yo les decia: "Yo creo en el INTERCAMBIO. Escribo esto en letras grandes para que usted no lo olvide. ¿Qué tiene usted para mí?"

Algunas mujeres no supieron ni qué pensar de esto y pasaron a la historia inmediatamente (creando espacio en mi cuarto). Otras me contestaron cosas tales como: "Yo no sé Poesía. ¿Significa que lo voy a perder?"

A ellas les contesté: "El intercambio no necesita ser igual; una manzana por una pera, o un poema por una historia, sólo déme lo que usted tenga y yo decidiré cuánto valor tiene para mí. Yo soy egoísta".

Así fue como desenmascaré a la mayoría. Sus artículos no tenian valor para mí.

La mayoría de la gente piensa que se tienen que conocer en persona, atraerse físicamente, y que después, el sexo hará el resto.

A esta gente le digo: "Esa forma tiene un ochenta por ciento de probabilidad de fracasar".

Dios nos creó con atracción física para darnos la ventaja de empezar, pero principalmente para la reproducción. Pero yah ace tiempo que dejamos de ser animales y necesitamos todo el "paquete"; amor, afecto, sexo, entendimiento, compromiso, armonía, seguridad, espacio, privacidad, confianza, crecimiento juntos, risas, fe en el otro, las mismas creencias espirituales, y cosas por el estilo.

Sí, quizás usted estará pensando si será posible encontrar a esta persona que cumpla con todos los requisitos que estoy diciendo.

La respuesta es... ¡Sí! ¡Sí! ¡Sí!, pero, las probabilidades son, que las características que le atraigan a usted de esta persona estén cubiertas de polvo; capas y capas de polvo. Por eso es que usted se tiene que arriesgar, pero con los ojos abiertos y con una evaluación calculada de la persona en cuestión.

De la misma forma Dios creó todos los ingredientes en la Tierra.

A través de nuestro aprendizaje y la recolección de conocimiento, ahora nosotros podemos extraer todos esos materiales de la tierra y construir coches, rascacielos, casas, carreteras y una multitud de productos que hacen nuestra vida más placentera.

Dios también nos creó diferentes el uno del otro, pero con diferencias que nos complementarán para hacernos mejor con el compañero correcto. Todo lo que usted tiene que hacer es perseguirlo hasta que lo encuentre. Trabaje en ello, lea el tema en diferentes libros, tome lo que le sirva y deje el resto.

Por favor, no se comprometa. Esa persona está ahí, sólo que está cubierta de polvo; ese polvo que hará que usted crea que no es la persona indicada.

Pero si usted sabe que quizás ella tiene polvo, entonces usted buscará más allá de lo obvio, más allá de la primera capa.

El escribirse el uno al otro les ayudará a aclarar la vision, más allá de la primera capa, para ver si el material detrás es lo que usted está buscando.

Usted deberá hacer una lista de sus expectativas; qué espera que sea real, manteniendo en mente que su "Alma Gemela" quizás haya tenido anteriormente una relación, así que habrá polvo que necesita ser sacudido.

Usted tiene que mirar más allá de lo obvio. El polvo impedirá que la joya brille, pero el experto minero avistará esta preciosa piedra y la extraerá de la tierra.

Cuando se relacionen, sus naturalezas sacudirán el polvo de cada uno.

Las pequeñas cosas como el tono de su voz por la mañana, o abrirle la puerta del carro, serán agradables, bienvenidas para usted.

Independientemente de qué buena sea vida, usted podrá ser mejor si tiene a su "Alma Gemela".

Si su "Alma Gemela" ha tenido una relación anteriormente, lo más probable es que ella tendrá la tendencia a compararlo con su ex-pareja, pero usted es usted y no hay concesiones.

Lo que usted verá es lo que conseguirá. Inicialmente así es. Después del desarrollo, ustedes continuarán averiguando más y más el uno sobre el otro; quizás encontrarán cosas que aún ustedes mismos no sabían que tenían. Todo deberá ser bueno para el otro.

Usted ve, hasta ahora usted ha estado comprometido, porque era más fácil comprometerse y tener paz en lugar de ser usted mismo y estar en una batalla con su pareja todo el tiempo.

Cuando interactúe con su "Alma Gemela" y la magia empiece a aparecer, usted dirá algo como:

"¡No lo puedo creer!

¡Es demasiado bueno para ser verdad!"

Tómelo de todas formas.

Es bueno ser feliz (realmente feliz) una vez en su vida. Llegara a ser mucho mejor, pero al principio será extraño para usted, ya que la primera explosión de felicidad es la más difícil de tomar.

Usted estará experimentando una felicidad que pensó que no existía.

Usted será transformado y será la misma persona que antes pero con una aura diferente.

Esto estará afectando a todo el que le conozca; lo sentirán y se llenarán de celos. Está bien, sólo dígales que compren este libro y que trabajen en él como usted lo hizo.

Si ellos no quieren aceptar al nuevo "usted" entonces consígase otros amigos, ya que estos no son dignos de usted.

Usted es el importante aquí. Fue usted el que nació solo, ¿recuerda?

Su misión es crecer. Para hacer esto tendrá que prosperar en su grandeza, y esto sucederá a la velocidad del relampago con su "Alma Gemela".

Siéntase orgulloso de ser quien es. Su pasado no fue lo mejor, pero con esta nueva información usted encontrará a esa persona especial, y... ¡se sentirá orgulloso de existir!

Todos somos poetas, realmente, y esta práctica crea nuevos sueños, y con esta gran visión usted verá todo lo que existe.

Sumérjase, querido lector. ¡Mejore su futuro!

Sí, todo será muy sencillo una vez que haya encontrado a su "Alma Gemela".

Fin

Querido lector, Acaba usted de leer este libro, y quizas tenga algunas preguntas con respecto al tema de este libro.

Yo, el autor, lo invito a que visite nuestra pagina webb a

www.mmipress.com

para responder con sus preguntas y tambien decirnos lo mucho que ha disfrutado de leer,

"ALMAS GEMELAS"

ASTROLOGIA

LA FORMULA

Saludos,

Vincent Sylvan